OTTO LARA RESENDE
OU BONITINHA, MAS ORDINÁRIA

NELSON RODRIGUES

OTTO LARA RESENDE OU BONITINHA, MAS ORDINÁRIA

Tragédia em três atos
1ª Montagem em 1962

5ª edição
Posfácio de Flávio Aguiar

EDITORA
NOVA
FRONTEIRA

© *Copyright* 1962 by Espólio de Nelson Falcão Rodrigues

Direitos de edição da obra em língua portuguesa no Brasil adquiridos pela Editora Nova Fronteira Participações S.A. Todos os direitos reservados. Nenhuma parte desta obra pode ser apropriada e estocada em sistema de banco de dados ou processo similar, em qualquer forma ou meio, seja eletrônico, de fotocópia, gravação etc., sem a permissão do detentor do copirraite.

Editora Nova Fronteira Participações S.A.
Rua Candelária, 60 — 7º andar — Centro — 20091-020
Rio de Janeiro — RJ — Brasil
Tel.: (21) 3882-8200

CIP-BRASIL. CATALOGAÇÃO NA PUBLICAÇÃO.
SINDICATO NACIONAL DOS EDITORES DE LIVROS, RJ.

R696o
    Rodrigues, Nelson
        Otto Lara Resende ou bonitinha, mas ordinária / Nelson Rodrigues. 5 ed. – Rio de Janeiro: Nova Fronteira, 2021.
    144 p.
    ISBN 9786556403267
        1. Literatura brasileira. I. Título.

19-58638   CDD: 869.2
                                                                CDU: 82-2(81)

André Queiroz – CRB-4/2242

SUMÁRIO

Programa de estreia da peça 7
Personagens 10
Primeiro ato 13
Segundo ato 47
Terceiro ato 79

Posfácio 131
Sobre o autor 137
Créditos das imagens 141

Programa de estreia de
Otto Lara Resende ou Bonitinha, mas ordinária,
apresentada no Teatro Maison de France, Rio de Janeiro,
em 28 de novembro de 1962.

O Teatro Novo
apresenta

Otto Lara Resende ou Bonitinha, mas ordinária

Peça em três atos, de Nelson Rodrigues

EDGARD	Carlos Alberto
D. IVETE (SUA MÃE)	Dinorah Brillanti
RITINHA	Tereza Rachel
AURORA	Maria Gladys
DINORÁ	Maria Tereza Barroso
NADIR	Lisette Fernandez
D. BERTA (SUA MÃE)	Antonia Marzullo
ALÍRIO (NAMORADO DE AURORA)	Adamastor Camará
OSIRIS (PORTEIRO)	Silvio Soldi
DR. HEITOR WERNECK	Fregolente

D. LÍGIA (SUA ESPOSA)	Aurora Aboim
DR. PEIXOTO (SEU SOGRO)	Pedro Pimenta
MARIA CECÍLIA (SUA FILHA)	Léa Bulcão
TEREZA (MULHER DE PEIXOTO)	Thelma Reston
DESCONHECIDO (LEPROSO)	José de Paula
ARTURZINHO (AMANTE DE TEREZA)	Silvio Soldi
COVEIRO DO CAJU	Paulo Gonçalves
NEGROS	J.S. Zózimo
	Gerson Pereira
	Hercílio Nunes
	Edson Nunes de Brito
PRESIDENTE DA COMISSÃO	Paulo Gonçalves
FONTAINHA (GRÃ-FINO)	Silvio Soldi
ALFREDINHO (GRÃ-FINO)	Djalma Melim Filho
BINGO (GRÃ-FINO)	Fabio Neto
PEDRINHO (GRÃ-FINO)	Waldir Fiori

ANA ISABEL (ESPOSA DE FONTAINHA)	Shulamith Yaari
VELHA	Luiza Barreto Leite
PAU DE ARARA	José de Paula
GRÃ-FINAS	Regina Schneider
	Cloris Cavalcanti
	Célia Dourado
JUVENTUDE TRANSVIADA	Medeiros Lima
	Arthur Salgado

Direção de Martim Gonçalves
Assist. de Antonio Chrisóstomo

PERSONAGENS

Edgard
D. Ivete
(sua mãe)
Ritinha
Dinorá, Aurora, Nadir
(suas irmãs)
D. Berta
(sua mãe)
Alírio
(namorado de Aurora)
Osiris
(porteiro do edifício)
Dr. Heitor Werneck
D. Lígia
(sua esposa)
Dr. Peixoto
(seu genro)
Maria Cecília
(sua filha)
Tereza
(mulher de Peixoto)
Desconhecido
(leproso)

Arturzinho
(amante de Tereza)
Coveiro do Caju
Negro
Negro
Negro
Negro
Negro
Presidente da Comissão
1º grã-fino
(Fontainha)
2º grã-fino
(Alfredinho)
3º grã-fino
(Bingo)
Ana Isabel
(mulher de Fontainha)
Velha
Pau de Arara
Outro
Velho

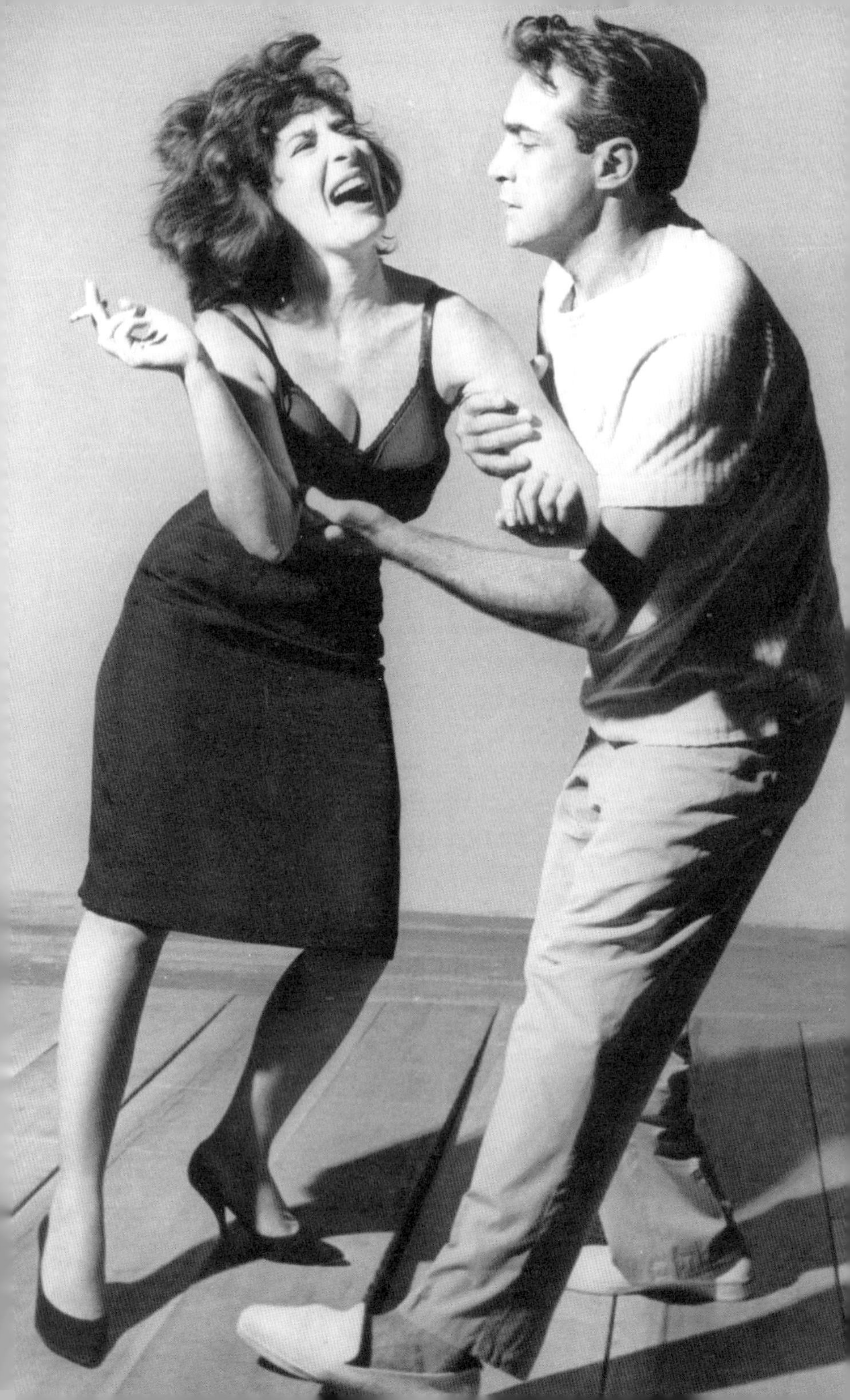

PRIMEIRO ATO

CENA I

(Canto de bar. Numa mesa, Edgard e Peixoto. Os dois cochicham em tom de maquinação diabólica.)

PEIXOTO — Você está alto, eu estou alto. É a hora de rasgar o jogo. De tirar todas as máscaras. Primeira pergunta: — você é o que se chama de mau-caráter?

EDGARD — Por quê?

PEIXOTO *(vacilante)* — Pelo seguinte.

EDGARD — Fala.

PEIXOTO — Estou precisando de um mau-caráter. Entende? De um mau-caráter.

EDGARD — Quem sabe?

PEIXOTO — Espera. Outra pergunta. Você quer subir na vida? É ambicioso?

EDGARD — Se sou ambicioso? Pra burro! Você conhece o Otto? O Otto Lara Resende? O Otto!

PEIXOTO — Um que é ourives?

EDGARD — Ourives? Onde? O Otto escreve. O Otto! O mineiro, jornalista! Tem um livro. Não me lembro o nome. Um livro!

PEIXOTO — Não conheço, mas. Bola pra fora! Bola pra fora!

EDGARD — O Otto é de arder! É de lascar! E o Otto disse uma que eu considero o fino! O fino! Disse. Ouve essa que é. Disse: "O mineiro só é solidário no câncer." Que tal?

PEIXOTO *(repetindo)* — "O mineiro só é solidário no câncer." Uma piada.

EDGARD *(inflamado)* — Aí é que está: — não é piada. Escuta, dr. Peixoto. A princípio eu também achei graça. Ri. Mas depois veio a reação. Aquilo ficou dentro de mim. E eu não penso noutra coisa. Palavra de honra!

PEIXOTO — Uma frase!

EDGARD — Mas uma frase que se enfiou em mim. Que está me comendo por dentro. Uma frase roedora. E o que há por trás? Sim, por trás da frase? O mineiro só é solidário no câncer. Mas olha a sutileza. Não é bem o mineiro. Ou não é só o mineiro. É o homem, o ser humano. Eu, o senhor ou qualquer um só é solidário no câncer. Compreendeu?

PEIXOTO — E daí?

EDGARD — Daí eu posso ser um mau-caráter. E pra que pudores ou escrúpulos se o homem só é solidário no câncer? A frase do Otto mudou a minha vida. Quero subir, sim. Quero vencer.

PEIXOTO — Bem. Uma curiosidade: — o que é que você faria, o quê, pra ficar rico? Cheio do burro? Milionário?

EDGARD — Eu faria tudo! Tudo! Com a frase do Otto no bolso, não tenho bandeira. E, de mais a mais, sou filho de um homem. Vou lhe contar. Quando meu pai morreu tiveram de fazer uma subscrição, vaquinha, pra o enterro. Os vizinhos se cotizaram. Comigo é fogo. A frase do Otto me ensinou. Agora quero um caixão com aquele vidro, como o do Getúlio. E enterro de penacho, mausoléu, o diabo. Não sou defunto de cova rasa!

PEIXOTO — Isso mesmo. O Otto Lara é que está com a razão.

EDGARD *(num repelão de bêbado)* — O mineiro só é solidário no câncer. E eu sou mau--caráter, pronto! Mas escuta. O que é que eu devo fazer?

PEIXOTO — É simples. Você não vai matar ninguém. Você vai se casar. Apenas. Casar.

EDGARD — Eu?

PEIXOTO — Você.

EDGARD — Que piada é essa?

PEIXOTO — Piada, os colarinhos! Você vai se casar no duro!

EDGARD — E quem é a cara?

PEIXOTO *(feroz)* — Grã-fina, milionária, a melhor família do Brasil!

EDGARD — Mas eu sou um pé-rapado! Um borra-botas!

PEIXOTO — Não interessa, ouviu? Não interessa! *(erguendo-se e patético)* O mineiro só é solidário no câncer! *(feroz)* É ou não é?

EDGARD *(exultante)* — Só no câncer!

PEIXOTO — Portanto, já sabe. Eu arranjo tudo. Você entra com o sexo e a pequena com o dinheiro. Ainda por cima, linda, linda! Uma coisinha, rapaz! Essas gajas que saem na *Manchete* não chegam aos pés. Não são nem páreo pra tal garota.

EDGARD — Topo. Caso já. Imediatamente! Caso! Sempre gostei de grã-fina. A grã-fina é a única mulher limpa. A grã-fina nem transpira.

PEIXOTO (*num berro triunfal e cínico*) — Aí, mau-
-caráter!

EDGARD (*numa súbita e feroz revolta*) — Eu não
sou defunto de cova rasa! E quero
enterro de penacho!

PEIXOTO (*apontando para Edgard, aos berros
também*) — Mau-caráter! Mau-caráter!

EDGARD (*como um louco*) — De penacho! De
penacho!

CENA II

(*Apartamento de Ritinha. Ela mora com a mãe, d. Berta, e com as irmãs mais moças: Dinorá, Aurora e Nadir.*)

RITINHA (*sacudindo a escova de dentes na cara de
Dinorá*) — Já escovou os dentes?

DINORÁ (*dengosa*) — Eu escovo depois.

RITINHA (*desagradável como se fosse uma mãe*) —
Olha aqui. Não toma café. Sem escovar
os dentes, não toma café. Vai escovar,
anda.

DINORÁ — Mas escuta.

RITINHA — Vai, Dinorá.

DINORÁ — Você enche.

(Ritinha vira-se para Aurora.)

RITINHA — Você é outra, Aurora!

AURORA — Paciência!

RITINHA — Vem cá.

AURORA — Que inferno!

RITINHA — Chega aqui, Aurora. Deixa eu ver tuas orelhas. Não disse? Olha. Sujas!

AURORA — Mas eu limpo!

RITINHA — Não limpa direito. Porque se limpasse.

AURORA — Limpo.

RITINHA — Menina! Não me interrompa. Se você limpasse. Vou te mostrar uma coisa.

(Ritinha passa a franja da toalha na orelha da irmã.)

AURORA — Ai! Está doendo!

RITINHA — Mas olha. Está vendo? Olha aqui!

AURORA — Nessa porcaria de edifício nem água tem!

RITINHA — Vai no tanque! Esfrega com sabão! Sua burra! Você tem namorado. E a menina que namora tem que andar limpa. Põe na cabeça. Sabe o que é que o homem mais repara na mulher? Se é limpa. Homem não perdoa a mulher suja!

AURORA *(insolente)* — Pois o Alírio é tarado por mim!

RITINHA — Pois sim!

AURORA — Nadir, o Alírio não é tarado por mim? Fala! Nadir sabe. Não é?

NADIR *(lendo* Querida*)* — Sei lá.

AURORA — Sei lá, é? Você é uma puxa-saco da Ritinha!

NADIR — Você é que é.

RITINHA — Escuta, Aurora.

AURORA *(chorando de raiva)* — Você está de marcação, assinatura comigo. Só bronqueia comigo.

RITINHA *(imitando)* — Bronqueia.

AURORA — Você também usa gíria! A Nadir, você adora! Faz todas as vontades. Proteção escandalosa.

RITINHA — Deixa de ser mentirosa!

AURORA — Claro!

RITINHA — Pra mim, não há diferença. São todas iguais. Apenas Nadir é a menor, a caçula. E tem asma. Por causa da asma. Agora, outra coisa.

AURORA — Já sei que é comigo.

NADIR — Não chateia, Aurora.

RITINHA — Com você e com todas. Cuidado com esse Edgard.

DINORÁ — Mas por quê?

RITINHA — Metido a amável. Tem cara de ser piratíssimo.

AURORA — Eu não acho!

RITINHA — Eu acho. Ainda por cima, o cara arranjou um *jeep*. *(mais enérgica)* — Vocês não deem bola a esse camarada e principalmente não aceitem carona.

DINORÁ — Tão bonzinho!

RITINHA — Bonzinho, vírgula! Automóvel facilita pra burro! Estou avisando porque ontem. Sim, é com você, Aurora. Ontem, você aceitou carona.

AURORA — Eu?

RITINHA — Aceitou, sim.

AURORA *(para Nadir)* — Foi você que contou!

NADIR — Não amola!

AURORA — Edgard só me levou ontem. Estava chuviscando, chovendo. Me levou, mas não houve nada. Muito respeitador, cem por cento.

RITINHA — Sua boba! De mais a mais, você tem namorado. E não está direito. Outra coisa. Eu dou um duro desgraçado.

AURORA   *(chorando)* — Eu tenho 18 anos! Não sou criança!

DINORÁ   — Todo mundo dá carona!

RITINHA   *(pra Dinorá)* — Cala a boca! *(quase chorando)* Dou um duro pra que vocês se casem. Pra mim, não quero nada. Só peço a Deus que vocês se casem na igreja, direitinho, de véu e grinalda. Estão ouvindo?

AURORA   — Que coisa!

RITINHA   — Mas se eu souber, cala a boca! Se souber que uma de vocês. Qualquer uma! Andou de *jeep*, aceitou carona de Edgard. Numa simples carona pode acontecer tudo! Tudo! Eu quebro a cara duma! Rebento a primeira que!

AURORA   *(insolente)* — Ora, Ritinha! Deixa de máscara.

RITINHA   — O quê?

AURORA   — Máscara, sim senhora. Máscara pra cima de mim. Ou pensa que eu não vi?

RITINHA   *(atônita)* — Viu o quê?

AURORA   — Você, hoje. Ainda agora. No tanque. Você escovando os dentes, e o Edgard, do outro lado. Vocês flertando! Olha! Você deu um sorrisinho!

(Estupefata, Ritinha avança para Aurora, que recua, com a cara desfigurada pelo ódio e pelo medo.)

RITINHA   *(arquejando)* — Eu me mato por vocês. Faço uma ginástica. Dou aulas até altas horas. Qualquer dia, sou assaltada no meio da rua. E você ainda tem a coragem? Dizer que eu flertei! Agora você vai repetir. Eu flertei?

(As duas irmãs, cara a cara.)

AURORA   — Flertou!

(Ritinha a esbofeteia. Continua batendo.)

RITINHA   — Sua descarada!

(Aurora recua circularmente, debaixo de bofetadas.)

AURORA   *(aos soluços)* — Você vai me pagar! Juro! Você vai ver, Ritinha! Quero que Deus me cegue se. Você vai ver!

(A mãe de Ritinha, d. Berta, que estava sentada na sua passividade de idiota, ergue-se, com súbita agitação. D. Berta começa a andar de costas.)

D. BERTA   — D. Rita! D. Rita!

RITINHA   *(com desesperado amor)* — Pronto, mamãe!

D. BERTA   *(para Ritinha)* — Você não é d. Rita!

RITINHA — Sou, mamãe! Sou d. Rita!

D. BERTA *(na sua incoerência de insana)* — É, sim, d. Rita. D. Rita, houve um roubo nos Correios. Disseram que fui eu, que eu roubei. *(baixo e sôfrega)* Vou ter que repor o dinheiro.

RITINHA *(suplicante)* — Agora, senta, mamãe!

DINORÁ *(numa histeria pavorosa)* — Segura mamãe! Não deixa mamãe andar pra trás!

RITINHA *(pra Dinorá)* — Não se meta!

NADIR — Vem cá, mamãe.

D. BERTA *(num lamento feroz)* — Tudo deu pra trás. Estou andando pra trás. Você é d. Rita?

RITINHA *(num apelo)* — Sou, mas escuta. Mamãe, olha.

CENA III

(Apartamento de Edgard. Ele, no quarto, nu da cintura para cima, apanha a camisa. D. Ivete, sua mãe, entreabre a porta e enfia a cabeça.)

D. IVETE *(aflita)* — Dr. Peixoto está aí!

EDGARD — Dr. Peixoto? Já vou. Diz que. Olha, mamãe.

(Peixoto surge por detrás de d. Ivete.)

PEIXOTO   *(alegremente)* — Pode-se entrar?

EDGARD   — Dr. Peixoto!

D. IVETE   *(atarantada)* — O senhor desculpe a desarrumação!

PEIXOTO   — Ora, minha senhora.

EDGARD   — O quarto está numa bagunça!

(D. Ivete apanha um jornal em cima da cama.)

D. IVETE   — Com licença.

PEIXOTO   — Toda.

D. IVETE   *(voltando)* — Aceita um cafezinho?

PEIXOTO   *(risonhamente)* — Um cafezinho, aceito.

(D. Ivete retira-se.)

EDGARD   *(enfiando a camisa pra dentro das calças)* — Vamos pra sala. Lá a gente conversa melhor.

PEIXOTO   — Aqui mesmo. Prefiro aqui. Deixa. Eu me sento na cama. Não se incomode. Bem, vamos ao que interessa. Você, naturalmente, está espantadíssimo, está, com a minha presença aqui.

EDGARD — De fato, eu. Um pouco.

PEIXOTO — É o seguinte. Vim continuar o nosso papo de ontem.

EDGARD — Dr. Peixoto, aliás, eu.

PEIXOTO *(melífluo)* — Vamos tirar o doutor.

EDGARD — Ontem, eu fiz um papelão. Não posso beber. Eu, quando bebo. Devo ter dito besteira pra burro. O senhor. Você me desculpe.

PEIXOTO — Isso! Me chame de "você". Mas olha. Pelo contrário, você estava brilhante. Aquela frase do Otto.

EDGARD *(atônito)* — Otto?

PEIXOTO — O Otto Lara Resende, ou você não se lembra? Como é mesmo? A frase do câncer? Ora, como é? Tem mineiro. Entra mineiro no meio. Diz aí.

EDGARD *(grave e triste)* — O mineiro só é solidário no câncer.

PEIXOTO — Exatamente. Aliás, você.

EDGARD — Bobagem!

PEIXOTO — Em absoluto. Por que bobagem? Mas o que eu queria dizer. Você deu uma interpretação da frase. Brilhante! Um momento! Você diz que não é bem o mineiro, mas o próprio homem, o próprio ser humano. E se o homem é

	isso, tudo é permitido. Eu concordo. Sou da mesma opinião.
EDGARD	— Não foi bem assim.
PEIXOTO	— Ah, foi! Eu tenho boa memória. Mas não interessa. Não interessa. *(baixando a voz e incisivo)* — Você casa ou não casa?
EDGARD	— Casar? Mas dr. Peixoto!
PEIXOTO	*(incisivo e quase ameaçador)* — Responda!
EDGARD	— O senhor está brincando.
PEIXOTO	— Nunca falei tão sério. Escuta, Edgard. Ou você acha que eu vim aqui. Aqui. *(mudando de tom)* E outra coisa: você tem namorada, noiva, algum compromisso, tem? Alguma namorada?
EDGARD	— No momento, eu. Quer dizer. Há uma menina, minha vizinha. Minha vizinha aí do lado. Mas por enquanto. Não, não há nada!

(Entra d. Ivete com bandeja e xícaras.)

D. IVETE	— O café.
PEIXOTO	— Ah, minha senhora.
D. IVETE	— O senhor vê se está bom de açúcar.
PEIXOTO	*(mexendo)* — Obrigado.

(Peixoto prova.)

EDGARD — Quer mais açúcar?
PEIXOTO — Ótimo.
D. IVETE — Então, com licença.

(Sai d. Ivete.)

EDGARD — Mas esse casamento é uma piada, claro!

PEIXOTO — Ó rapaz! Piada, vírgula. Olha aqui. Vou ser mais claro. Uma certa família. Das melhores do Brasil. Das melhores! Encarregou-me de arranjar um marido, ouviu? Um marido pra menina. Menina, aliás, que é linda, linda. Esse marido pode ser você.

EDGARD — E é o senhor quem decide? Você, desculpe. É você que escolhe? A pequena não apita?

PEIXOTO — Ou você tem escrúpulos? Sua besta! O mineiro só é solidário no câncer!

EDGARD — Vamos falar sério! Por que e a troco de que essa menina vai se casar com um desconhecido? Porque eu sou um desconhecido. E a família? O pai, a mãe, sei lá!

PEIXOTO — Eu explico. É simples e você vai compreender tudo. Essa menina sofreu um acidente. Um acidente do tipo especial. Vinha, de automóvel, por uma estrada. E há um enguiço. Um enguiço no motor. Ela salta. De repente, surgem, do mato, cinco crioulões. Lugar deserto. Pegam a menina, arrastam. Bem. O resto você pode deduzir. E agora que você já sabe — quer casar?

EDGARD — Mas casar assim no peito? E houve esse troço! Além disso, que diabo! Essas questões de sentimento. Vamos admitir que eu. É uma hipótese. Que eu tope. Ela pode não gostar da minha cara. *(ressalvando)* Ainda não topei, não.

PEIXOTO — Ó rapaz! Ela te conhece, te viu e te digo mais — foi ela quem te escolheu.

EDGARD *(estupefato)* — Me conhece de onde?

PEIXOTO — Aliás, vamos fazer o seguinte, o seguinte. Tem um lápis aí? Não precisa. Tenho aqui. Olha. O telefone da pequena é esse. Telefona pra lá. Toma nota. Diz que é o Edgard. Telefona. Por minha conta.

CENA IV

(Porta do edifício onde moram Ritinha e Edgard. Ritinha vai passando e o porteiro a chama.)

OSIRIS — Um momento, d. Ritinha!

RITINHA — Ah, seu Osiris. Como é? E o garoto? Melhorou?

OSIRIS — Acordou sem febre. Está lá. Pulando na cama.

RITINHA — Mas olha. Aquilo que eu disse. Homeopatia tem que dar na hora certa. Não pode passar um minuto, nem um minuto. Olha lá!

OSIRIS *(incerto)* — D. Ritinha, eu também queria falar com a senhora.

RITINHA — E essa falta d'água. Caso sério.

OSIRIS — Defeito da bomba.

RITINHA — Puxa! Mas o que é que você quer falar?

OSIRIS — Um assunto.

RITINHA *(olhando o relógio do pulso)* — Aliás, eu estou com um pouquinho de pressa.

(Edgard aparece, passa pelos dois e para mais adiante, fumando.)

EDGARD — Bom dia.

OSIRIS — Bom dia. É um minutinho só, d. Ritinha. A senhora tem sido tão boa com o garoto que. É sobre sua irmã, d. Aurora.

RITINHA — Aurora?

OSIRIS — Esse rapaz, o Alírio. Sim, o Alírio. D. Ritinha, o Alírio não é namorado pra d. Aurora. Um sujeito que. Não é flor que se cheire. A maldade que ele faz aos bichos. Outro dia. A senhora pode perguntar por aí. Outro dia cegou um gato com a ponta de um cigarro. E com a gilete — eu vi, d. Ritinha, raspar a perna de um passarinho!

RITINHA *(atônita)* — Mas tem a certeza que o Alírio?

OSIRIS — D. Ritinha, essa eu vi. É sujeito que maltrata bicho.

RITINHA *(no seu espanto)* — O Alírio?

OSIRIS — A senhora não acha, hem, d. Ritinha?

RITINHA — De fato. E aliás. Bem. Mas eu vou pensar, seu Osiris. Até loguinho.

OSIRIS — Disponha.

CENA V

(Ritinha segue. Edgard vai ao seu encontro.)

EDGARD — Vai pra cidade?

RITINHA — Tijuca.

EDGARD — Eu levo você.

RITINHA — Obrigada, mas.

EDGARD — Meu *jeep* está ali.

RITINHA — Aliás, foi bom, até. Edgard, olha. Vou lhe pedir um favor. Não ofereça mais carona às minhas irmãs. É favor.

EDGARD — Mas por quê? Não entendo. Há algum mal?

RITINHA *(taxativa)* — Há.

EDGARD — Escuta. Eu acho que você. Somos vizinhos, eu moro no mesmo andar. Eu apenas quis ser gentil.

RITINHA — Já me aborreci com minhas irmãs.

EDGARD — Um momento.

RITINHA — Tenho que ir.

EDGARD — Um momento. Eu não tenho. Escuta, escuta. Não tenho — estou sendo honesto — o menor interesse pelas suas irmãs. Nenhum. O meu interesse é por você. Só por você.

RITINHA — Edgard, eu tenho hora marcada.

EDGARD — Não quer carona?

RITINHA — Prefiro o lotação.

EDGARD —Então vamos fazer o seguinte. Eu não ofereço mais carona às suas irmãs. Prometo. Sob minha palavra de honra. Mas, hoje, você vai comigo. Só esta vez. Deixo você na Tijuca.

RITINHA — Ah, meu Deus!

EDGARD — Pela primeira e última vez. Juro!

RITINHA *(olhando o relógio)* — Estou atrasada pra chuchu. Está bem. Aceito, mas escuta: — nunca mais, ouviu?

EDGARD *(sôfrego)* — Vamos, vamos!

RITINHA — Antes que uma das minhas irmãs me veja.

(Ritinha e Edgard se dirigem para duas cadeiras, que vão funcionar como se fossem o jeep. *Os dois vão mover as cadeiras para dar ilusão de velocidade, curva, solavancos etc. O suposto* jeep *parte aos trancos.)*

RITINHA — Pra que essa velocidade?

EDGARD — Gosto de correr.

RITINHA — Mas calma!

EDGARD — Olha. Primeiro, vou pôr gasolina, ali, adiante. Posto conhecido. Vou sempre lá.

RITINHA — E a hora?

EDGARD — Rápido. Ou está com medo?

RITINHA — Medo, propriamente. Mas você está correndo demais.

EDGARD *(na euforia da velocidade)* — E se eu raptasse você, que tal? Você rapta, hem?

RITINHA — Não brinca assim que eu. Edgard, quer correr menos, quer?

EDGARD — Escuta. Saímos da Muda para a estrada da Tijuca. Vamos rodar.

RITINHA — Você está maluco? Tenho hora marcada! Escuta, Edgard! Tenho que estar no colégio! Colégio de irmãs! Vamos voltar!

EDGARD — Considere-se raptada.

RITINHA *(já desatinada)* — Vamo parar? Quer parar?

EDGARD *(num berro triunfal)* — Vamos pras matas da Tijuca!

RITINHA — Para, Edgard!

EDGARD *(na sua euforia)* — E se eu fizesse, com você. Sim, com você. O que fizeram com uma moça que eu conheço. Aliás, grã-fina. O automóvel enguiçou na estrada. Cinco crioulões saíram do mato. Agarraram a moça e fizeram miséria. Legal!

RITINHA — Se você não parar, eu salto! Eu me atiro!

EDGARD — Pois salte! Pois se atire! Quero ver!

RITINHA *(desatando a chorar)* — Pelo amor de Deus! Não pode haver escândalo comigo. Compreenda! Lá, as irmãs são muito rigorosas! E os pais dos alunos.

EDGARD — Escuta. Deixa eu falar. Eu gosto de você. E você de mim. Ou não é?

RITINHA — Mentira!

EDGARD *(num berro)* — O mineiro só é solidário no câncer!

RITINHA *(atônita)* — O quê?

EDGARD *(como possesso)* — O mineiro só é solidário no câncer!

RITINHA — Olhe, Edgard. Escute, Edgard. Não me interessa. *(muda de tom)* Eu sou uma moça de família.

EDGARD — Ora!

RITINHA — Sustento minhas irmãs e minha mãe. Leciono. Seja humano!

EDGARD *(numa ironia hedionda)* — Olha aqui, menina! A troco de que, eu vou ser humano, se o mineiro. Você entende? Se o mineiro só é solidário no câncer? *(com irritação)* Não entendeu nada! Mulher é burra!

RITINHA *(chorando)* — Maldita hora!

EDGARD — Vá lá. Vou ser humano. Volto daqui, levo você no colégio. É na Tijuca?
Levo na Tijuca. Mas primeiro. Ouve. Primeiro, você vai me dar um beijo.

RITINHA *(esganiçada e feroz)* — Nunca!

EDGARD — Um beijo só.

RITINHA — Desista! Edgard, olha. O que você está fazendo comigo.

EDGARD — Vou parar por aqui. Um atalho. Não passa ninguém. E você. Ou dá o beijo ou não saímos daqui, pronto. E agora? Vai dar o beijo?

RITINHA — Não, não e não.

EDGARD — Sua burra! Eu podia fazer com você o que os crioulões fizeram com a grã-fina. Mas não quero. Quero só um beijo. E voltamos imediatamente.

RITINHA *(depois de uma pausa)* — E se eu der o beijo? Você promete? Jura?

EDGARD — Prometo. Juro. Eu fecho os olhos. Assim. E você dá o beijo.

RITINHA — Tira a mão. Não me segura.

(Ritinha vacila. Edgard está de olhos fechados e de rosto voltado para ela. Rapidamente, Ritinha toca com os lábios a face do rapaz.)

EDGARD — Ah, isso nunca foi beijo! Na face? Ora! Na boca! Quero na boca!

RITINHA *(desesperada)* — Chato!

EDGARD — Ou me beija na boca. Ou ficamos aqui, até amanhã. Escolha.

RITINHA — Que inferno. Bem. Vou beijar, mas obrigada. Porque sou obrigada.

(Ritinha, com desespero, apanha o rosto do rapaz entre as mãos. E dá o primeiro beijo na boca. Em seguida, tocada por um desejo súbito, beija-o novamente, por conta própria. Edgard se exaspera.)

EDGARD — Quero mais e não resista. Quieta! Quietinha!

RITINHA *(debatendo-se)* — Me larga! Me larga!

EDGARD — Escuta, sua! Estamos sozinhos!

(Ao mesmo tempo que a voz de Edgard diz "sozinhos" aparece, a curta distância, um sujeito espreitando a cena de amor. Essa pessoa tem a cabeça enrolada em gaze e está vestida de trapos hediondos.)

RITINHA — Não faça isso! Não, Edgard, não!

EDGARD *(desatinado)* — Fica quieta!

(Do outro lado o desconhecido avança, de rastro, como um bicho. E súbito, erguendo-se, brandindo a muleta.)

DESCONHECIDO — Agora sou eu! Eu!

(Ao perceber o desconhecido, Edgard larga Ritinha. Em pânico, liga o automóvel e arranca. O miserável recua, para dar a ilusão de que o jeep *se afasta.)*

EDGARD *(sôfrego)* — Não chora. Escuta. Ritinha, escuta. Aquele sujeito. Está ouvindo, Ritinha?

RITINHA — *(chorando)* — Não fale comigo!

EDGARD — — Aquele sujeito é um que. Saiu até uma reportagem. Acho que no *Cruzeiro*. O sujeito chama-se Nepomuceno. Tem aquela doença. A pior do mundo. Você sabe. Aquela doença.

RITINHA — *(soluçando)* — Juro que nunca mais!

EDGARD — *(desesperado de pena e remorso)* — Ouve, Ritinha. O que eu fiz. Ouve. Eu reconheço que foi uma indignidade. Aquele leproso apareceu no momento exato. Foi ele que te salvou e me salvou. E agora responde. Responde: — você está com raiva de mim?

RITINHA — — Estou, sim. Com raiva. Ou você queria o quê? Aprendi mais, numa hora, do que em toda a minha vida. Por que é que você fez isso? Afinal, por quê?

EDGARD — *(triste)* — Quer mesmo saber?

RITINHA — — Quero.

EDGARD — — Ritinha, eu quase a violei porque o mineiro só é solidário no câncer.

RITINHA — *(atônita)* — O mineiro só é como?

EDGARD — — Não entendeu?

RITINHA — — Eu, não.

EDGARD — — Nem vai entender. Mas olha. Há uma relação! Há uma relação! Ouve só: — "O mineiro só é solidário no câncer." Parece até piada. O sujeito acha graça. *(exasperado)* — Mas essa frase tem um fundo falso. E a verdade está lá dentro. Compreendeu agora?

RITINHA — *(atônita, repetindo)* — O mineiro só é solidário no câncer.

EDGARD — *(quase gritando)* — Pelo amor de Deus, entenda. Eu quis te violentar porque essa frase está em mim, comigo, aqui, dia e noite, dia e noite. Eu acabo louco. E vou te dizer: — seria uma solução. Agora uma pergunta. Vamos mudar esse assunto. Uma pergunta: — antes de mim, você tinha sido beijada por outro homem?

RITINHA — Nunca!

EDGARD — Eu fui o primeiro?

RITINHA — Ora, Edgard!

EDGARD — Que coisa linda!

RITINHA — Ou será que você não percebe? Eu não tenho vida própria. Vivo pras minhas irmãs e pra minha mãe. Dependem de mim. E minha mãe. Minha mãe teve um desgosto muito grande e perdeu a memória, não reconhece mais nem as filhas. A única que reconhece sou eu. Mas me chama de d. Rita. Entendeu? Nunca homem nenhum tocou em mim.

CENA VI

(Passagem de cena. Sala do dr. Werneck. Ele, exuberante, barrigudo, está enchendo um copo. Presentes também o dr. Peixoto e a esposa do velho, d. Lígia. Edgard aparece por fim. Senta-se.)

WERNECK   *(para Edgard)* — Você já sabe de tudo?

EDGARD   *(que ia começar)* — De fato.

PEIXOTO   *(interrompendo)* — Contei o caso, por alto.

WERNECK   — Bem. Portanto, você sabe que a moça. A moça que sofreu o acidente. Foi um acidente. Assim como um atropelamento, uma trombada. Pois a moça é minha filha. Quer dizer, a filha do seu patrão. Isso é importante. A filha do seu patrão. Entendido?

EDGARD   — Sim, senhor.

WERNECK   *(com uma satisfação brutal)* — Gostei da inflexão. Um "sim, senhor" bem, como direi.

D. LÍGIA   *(vivamente)* — Um momento. Com licença, Heitor. *(para Edgard, com sofrida ternura)* Você é um rapaz novo, de forma que. Meu filho! Houve o que houve com minha filha, mas ela é a menina mais pura. Tinha acabado de chegar do colégio interno. Posso

	dizer que, até aquela ocasião, nunca foi beijada por nenhum homem. Posso jurar! Juro por tudo!
WERNECK	— Lígia, estamos perdendo tempo!
D. LÍGIA	*(na sua histeria de puritana)* — Não havia menina mais virgem!
WERNECK	— Exato. Exato. Uma menina que, ainda hoje. Ainda hoje. Se você perguntar, digamos: — onde é a praça Mauá? Ou a rua do Ouvidor. Não sabe. Mas vamos ao. Como é, Peixoto? Ah! Você trabalha há 12 anos, ou mais, na companhia.
EDGARD	— Onze anos.
PEIXOTO	— Entrou antes de mim.
WERNECK	— Onze anos. E começou de baixo. Veio do nada. Qual foi mesmo o seu primeiro posto lá?
EDGARD	— Auxiliar de escritório.
WERNECK	*(num berro triunfal)* — Mentira!
D. LÍGIA	*(atônita e repreensiva)* — Que é isso, Heitor?
WERNECK	*(exultante)* — Mentira, sim! É mentira! Você começou como contínuo. Contínuo! *(para Peixoto)* Não foi como contínuo?
PEIXOTO	— Contínuo.

EDGARD *(atônito)* — Realmente, eu!

WERNECK *(brutalmente)* — Contínuo! Contínuo! Portanto, não se esqueça: — você é um ex-contínuo! Põe isso na cabeça!

D. LÍGIA *(num apelo)* — Heitor, você está humilhando o rapaz. *(trêmula, para Edgard)* Meu marido gosta de se fingir de mau. Mas é só aparência.

PEIXOTO *(para d. Lígia)* — Ah, o Edgard sabe! Sabe!

(Werneck anda de um lado para outro, empunhando o copo de bebida.)

WERNECK *(numa cínica ressalva)* — Com licença. Eu insisto porque. Não é uma humilhação gratuita. Absolutamente. Interessa a mim que você seja um ex-contínuo pelo seguinte: — porque o ex-contínuo dará valor ao dinheiro, à posição, à classe de minha filha. Por exemplo: — eu vou lhe dar um título de sócio do Country Club. Quanto custa, Peixoto, quanto custa um título de sócio do Country?

PEIXOTO — Dois mil contos.

WERNECK — Pois é. Dois mil contos. Para um ex-contínuo é alguma coisa. Dois mil e quinhentos contos! Eu quero. Quero que você se sinta inferior à minha filha.

D. LÍGIA *(atarantada)* — Meu marido é muito franco. Heitor, assim você até ofende.

(Edgard ergue-se.)

EDGARD — Posso falar?

WERNECK — Um momento. Senta, rapaz.

(Edgard obedece.)

WERNECK — Ainda não acabei. Você vai se casar com a minha filha. Eu teria preferido que a menina fosse viajar. Desse uma volta pelos Estados Unidos. Mas minha mulher fez drama. Quer o casamento. Vá lá. Sabe como é: — separação de bens!

EDGARD — Aliás, se eu me casar. Se, realmente, eu.

WERNECK — Não ouvi.

EDGARD — Eu acho que a separação de bens é o justo, o normal. E eu também prefiro.

WERNECK *(com sarcasmo hediondo)* — Prefere nada! Conversa!

(Edgard põe-se de pé.)

EDGARD — Mas o senhor!

WERNECK — Senta, rapaz. Essa obsessão de ficar de pé. Separação de bens, mas você vai ganhar alto. A mesma coisa. Não faz diferença.

D. LÍGIA *(revoltada)* — Você fala como se estivesse comprando um genro! E eu não admito, Heitor. Não admito que você trate o casamento de sua filha. A filha menor, a caçula. Como se fosse toma lá e dá cá. Heitor, o casamento é outra coisa. É um sacramento.

WERNECK *(com um humor não isento de simpatia)* — Lígia, não atrapalha! É gozado. Eterna mania. Lígia, que você seja grã-fina está certo.

D. LÍGIA — Eu não sou grã-fina.

WERNECK — A mulher pode ser grã-fina. O homem é que não pode ser grã-fino. Lígia, o homem tem que ser macho! Pelo amor de Deus!

D. LÍGIA *(quase chorando)* — Se você continuar assim, eu me retiro.

WERNECK *(divertindo-se grosseiramente)* — Ora, meu Deus!

D. LÍGIA *(para os outros)* — Meu marido é bom!

WERNECK — Você me considera um cafajeste!

D. LÍGIA *(aterrada)* — Nunca!

WERNECK — Acha que eu faço barulho quando como!

D. LÍGIA *(desesperada)* — Vou lá pra dentro. Com licença.

(Sai d. Lígia. Para um momento na porta. Volta-se como se fosse xingar o marido.)

D. LÍGIA *(soluçando)* — Você é bom, Heitor. Você é bom!

(Werneck faz uma reflexão em voz alta, com certa melancolia.)

WERNECK — Caso sério, a minha vida!

(Werneck vira-se para Edgard, com súbita cólera.)

WERNECK *(para Edgard)* — E você que quase não fala. Tudo sai de você aos bocadinhos como titica de cabra. Fala, rapaz!

(Edgard põe-se de pé.)

EDGARD — Vou falar, sim!

WERNECK — Mas senta!

EDGARD — Escuta aqui. E você também, Peixoto. *(para Werneck)* Você. Você não é doutor, não. E você. Olha! Eu não vou me casar com sua filha. Não vou, não! E saio do emprego. Você enfie os 11 anos, a estabilidade! E fique sabendo. Sou um ex-contínuo. E você um filho da puta! *(num berro maior)* Seu filho da puta!

FIM DO PRIMEIRO ATO

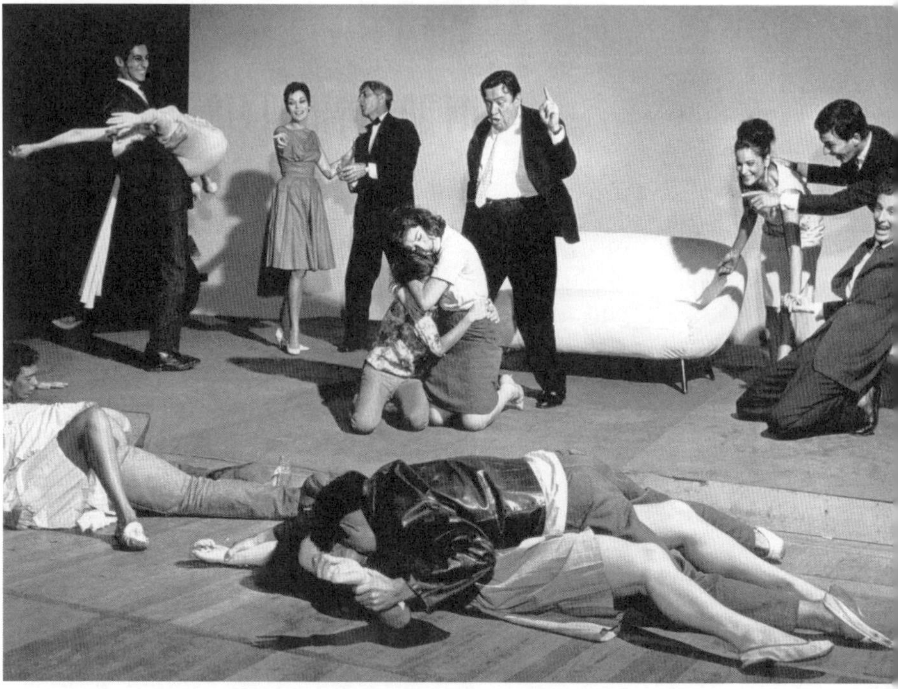

SEGUNDO ATO

CENA I

(Projeção do edifício de Edgard. Edgard com a mãe. Nu da cintura para cima, o rapaz põe dentifrício na escova.)

EDGARD — Sossega, mamãe! Estou estalando! *(aponta a fronte)* Uma dor aqui, mamãe!

D. IVETE — Me chega bêbado! Vomitou tudo! Sujou o chão!

(Edgard torce a torneira da pia.)

EDGARD — Mamãe! Não tem água, outra vez!

D. IVETE *(na sua fúria nervosa)* — E o emprego? *(muda de tom)* Toma no tanque!

EDGARD	— No tanque! Esse edifício é mesmo uma vergonha, uma porcaria de edifício!
D. IVETE	— Você vai ou não vai ver o dr. Werneck?
EDGARD	*(numa explosão)* — Não vou, já disse!
D. IVETE	— Vai lá! Fala com o dr. Werneck! Edgard!
EDGARD	— Não adianta, mamãe! *(muda de tom)* E a água!
D. IVETE	— No tanque ainda tem. Um restinho. Daqui a pouco acaba! Por que é que você não vai ao dr. Werneck?

(Projeção de d. Ivete e Edgard no tanque. Na frente da tela os dois vão viver, com gestos, a cena do tanque.)

D. IVETE	— Há uma semana que você está fora do emprego.
EDGARD	— Apanha a panela, mamãe.
D. IVETE	— Ontem, eu não tive dinheiro pra ir à feira!
EDGARD	— Mamãe, quer apanhar a panela, pelo amor de Deus!
D. IVETE	*(esganiçada)* — Pra que tanto orgulho?
EDGARD	— O problema é meu!
D. IVETE	— Todo dia, todo dia, você chega aqui, bêbado. Bêbado. Teu pai também era orgulhoso. E o resultado? Deu pra beber. Bebia! Tão orgulhoso que morreu dizendo palavrões!

EDGARD — Ora, mamãe! Não fala. Não fala do papai, mamãe!

D. IVETE — Engraçado!

EDGARD — Morreu!

D. IVETE — Você é exatinho o seu falecido pai. *(muda de tom)* Vou apanhar a panela. *(muda de tom)* Exatinho, meu Deus!

EDGARD — Olha, mamãe. Meu arrependimento. Não volto ao dr. Werneck. Mas nem a tiro. E o meu arrependimento é não ter metido a mão na cara dele. Sim, naquele dia. Devia ter enfiado a mão.

(D. Ivete está, supostamente, com a panela.)

D. IVETE — Abaixa a cabeça, anda! Abaixa a cabeça.

(D. Ivete despeja água na cabeça, no pescoço de Edgard.)

EDGARD — Capricha, mamãe, capricha!

D. IVETE — Abaixa!

EDGARD *(mudando de tom)* — Quem está boa pra burro. E cada vez mais gostosa, é a Ritinha.

D. IVETE — Você vai acabar como o seu pai!

EDGARD — A Ritinha é um negocinho!

(Aparecem então, fora da cena, Peixoto e Maria Cecília. Edgard começa a enfiar a camisa.)

EDGARD — Bagunça esse edifício! O sujeito obrigado a tomar banho de panela. É o Brasil!

D. IVETE — Seu pai foi um sujeito que.

EDGARD *(sem ouvi-la)* — Tudo é uma falta de responsabilidade desgraçada!

D. IVETE — Estão batendo!

EDGARD *(resmungando para si mesmo)* — Bolas!

(D. Ivete abre uma imaginária porta.)

D. IVETE — Ah, dr. Peixoto!

PEIXOTO — Bom dia.

D. IVETE — Tenha a bondade. Tenha a bondade.

PEIXOTO — Nosso amigo está?

D. IVETE — Um momentinho!

PEIXOTO — Conhece?

D. IVETE *(risonhamente)* — Ah!

MARIA CECÍLIA — Como vai?

PEIXOTO *(apresentando)* — Maria Cecília.

D. IVETE — Boazinha?

MARIA CECÍLIA — Assim, assim.

D. IVETE — Volto já.

(D. Ivete faz uma volta e chega com Edgard.)

PEIXOTO — Rapaz, você desapareceu!
EDGARD — Ah, Maria Cecília!
MARIA CECÍLIA — Olá!
PEIXOTO — Escuta.
EDGARD — Senta, Maria Cecília.
PEIXOTO — Edgard, a Maria Cecília quer falar contigo.
EDGARD — Comigo?
MARIA CECÍLIA — Um assunto.
PEIXOTO — E outra coisa. O emprego continua lá. É teu.
EDGARD — Mas eu me despedi!
PEIXOTO — O dr. Werneck não aceita a tua demissão. Escuta, rapaz! Você continua ganhando.
EDGARD — Mas não é justo!
MARIA CECÍLIA — Papai gosta tanto de você, Edgard.
PEIXOTO — Olha!
EDGARD — Fui humilhado!
PEIXOTO — Não chateia, Edgard!
EDGARD — Claro!
PEIXOTO — Você é um chato! *(para Maria Cecília)* Imagina. O Edgard é o único sujeito

que ainda se ruboriza no Brasil! *(para o rapaz)* E a frase do Otto Lara?

EDGARD — Ora!

PEIXOTO — A Maria Cecília também sabe, conhece.

EDGARD — Também?

MARIA CECÍLIA *(melíflua)* — O mineiro só é solidário no câncer.

EDGARD — Bobagem! Piada do Otto Lara!

PEIXOTO — Piada, vírgula! Por que piada? Pois olha. Eu, está ouvindo? Gozado. A princípio, a frase de Otto faz uma coceirinha. Só. Quase uma brotoeja. Depois é uma espinha. E no fim de uma semana vira abscesso. A frase do Otto é um abscesso!

EDGARD — Literatura.

PEIXOTO — Escuta. A Maria Cecília quer conversar contigo e eu vou dar uma voltinha. E não te esqueças: — o mineiro só é solidário no câncer.

(Sai Peixoto.)

D. IVETE — Com licença.

MARIA CECÍLIA — Até já.

(D. Ivete sai.)

MARIA CECÍLIA — Eu vim aqui.

EDGARD — Lamento, Maria Cecília, lamento!

MARIA CECÍLIA — Mas escuta. Eu queria que você fosse falar com papai.

EDGARD — Com seu pai, eu não falo!

MARIA CECÍLIA *(sôfrega)* — Nem eu pedindo?

EDGARD — Maria Cecília, eu sou filho de um homem.

MARIA CECÍLIA *(suplicante)* — Edgard.

EDGARD — Um momento. Sou filho de um homem que morreu na Santa Casa. Aliás, no hospício. Meu pai, até a hora de morrer, teve orgulho. Nunca perdeu o orgulho. Até o fim foi orgulhoso.

MARIA CECÍLIA — Posso falar?

EDGARD — Desculpe.

MARIA CECÍLIA — Eu acho. Não sei. É uma impressão. Acho que você tem vergonha, sei lá, de ter sido contínuo.

EDGARD *(em pânico)* — Eu?

MARIA CECÍLIA — Você.

EDGARD — Mas em absoluto. Ora! E por quê, afinal? Vergonha nenhuma.

MARIA CECÍLIA — Tem, sim!

EDGARD — Juro! O contínuo é um homem como outro qualquer. Um ser humano.

MARIA CECÍLIA — Então, explica. Por que é que você ficou vermelho. Ficou, Edgard. Você ficou. Vermelhinho.

EDGARD — E aliás, francamente.

MARIA CECÍLIA — Ficou e deixa eu falar.

EDGARD — O que eu não quero é ser grã-fino, em hipótese nenhuma.

MARIA CECÍLIA — Vou te dizer uma coisa.

EDGARD — Nunca!

MARIA CECÍLIA — Deixa eu falar? Pra mim, eu acho que dá charme. Pra mim, dá. Você ter sido contínuo. Eu me lembro quando eu era garotinha. Você ia lá em casa. Uma vez, levou um cachorrinho numa cesta. Eu olhava pra você e você nem. Uma vez você almoçou na cozinha. Você usava uniforme cáqui.

EDGARD *(no seu ressentimento)* — Uniforme cáqui.

MARIA CECÍLIA *(vivamente)* — Você se ofendeu?

EDGARD — Por quê?

MARIA CECÍLIA — Tão lindo, tão lindo ser esposa de um ex-contínuo. Ex-contínuo. É gostoso. Acho.

(Maria Cecília apanha entre as mãos o rosto de Edgard.)

MARIA CECÍLIA *(baixo e sofrida, com certa voluptuosidade)* — Contínuo.

CENA II

(Namoro de Alírio com Aurora na casa de Ritinha. Durante a cena, d. Berta fica caminhando para trás, de um lado para outro. Como um delinquente, o rapaz brinca com um canivete americano. Sua diversão é provocar o jato da lâmina. E de vez em quando fala.)

ALÍRIO — *(voluptuoso e cínico)* — Quando eu soube que ia haver um concurso de tuíste, já sabe. Fomos lá, eu e a turma da General Glicério.

AURORA — Você ganhou?

ALÍRIO — *(dando uns passos da dança)* — Barbarizei!

AURORA — Teve prêmio?

ALÍRIO — *(sempre dançando)* — Um isqueiro legal!

(Alírio puxa o isqueiro.)

AURORA — Seu mascarado!

(Súbito, Alírio dá, com o canivete, um golpe de baixo para cima.)

AURORA — *(pulando para trás)* — Essas brincadeiras comigo!

ALÍRIO — *(numa alegria maligna)* — Quase!

AURORA — Não brinca assim, que eu não gosto!

(Alírio continua riscando o ar com o canivete.)

NADIR — Você tinha coragem de matar Aurora?

ALÍRIO *(fechando a lâmina)* — Se tinha? Olha. *(subitamente grave)* Eu sei que, um dia. *(triste, quase doce)* Um dia, vou matar alguém. Não sei quem. Alguém. *(debochando)* Vou te rasgar, Aurora. Enfio assim e te rasgo até em cima.

AURORA — Você é chato!

(Alírio embolsa o canivete.)

ALÍRIO — E como é?

AURORA — Como é o quê?

ALÍRIO — Vai?

AURORA — Onde?

ALÍRIO — Lá.

AURORA — Deus me livre!

ALÍRIO — Por quê?

AURORA — E Ritinha?

ALÍRIO — Não amola com Ritinha!

AURORA — Porque, olha. Se Ritinha sabe ou desconfia é capaz de me comer viva! Você não conhece Ritinha. Ritinha é fogo!

ALÍRIO — Sua errada! Presta atenção. Ritinha dorme fora às vezes, não dorme?

AURORA — No colégio.

ALÍRIO — Pois é. Dorme e então? Você vai. Ela não estando em casa que mal há?

AURORA — Sei lá.

ALÍRIO — Vem cá. Olha pra lá, Nadir.

NADIR *(com afetação)* — Não ligo!

(Alírio puxa Aurora que fica sentada no colo do namorado. Com a mão, ele aperta a coxa da menina.)

AURORA — Fica quieto!

NADIR *(dando risada)* — Vocês, hoje, estão impróprios pra menores!

ALÍRIO *(para Aurora)* — Você é engraçada! Escuta! Olha pra mim. É concurso de tuíste. Você vai ser meu par. Te levo lá de automóvel e voltamos no mesmo automóvel. Te deixo aqui na porta.

AURORA — Olha essa mão!

ALÍRIO — Como é?

AURORA — Tenho medo!

ALÍRIO — Você parece até que. *(violento)* Sou ou não sou legal contigo? Legal pra burro. E olha. Lá vai haver uma festa. Uma *big* festa. Casa de um velho cheio da gaita. Tem quadros na parede, um do Portinari. Portinari!

AURORA — Mas é longe!

ALÍRIO — Ora, longe. De carro, não é longe coisa nenhuma. Escuta. Avenida Niemeyer não é longe. Não é. A gente sobe, compreendeu? Sobe a avenida Niemeyer. Depois das Furnas, pouco depois, há uma cruz. A gente então dobra. Tem um caminhozinho, que vai dar na casa.

AURORA — Tem paciência.

ALÍRIO — Aurora!

AURORA — Não vou, que coisa! Sozinha, ah, não!

ALÍRIO *(iluminado)* — Tá aí! Boa ideia! Boa. Leva tuas irmãs. Vão com a gente, pronto. Você vai, não vai, Nadir?

NADIR — Topo.

(Alírio afasta Aurora. Põe-se de pé.)

ALÍRIO — Eu resolvo já. Dinorá!

(Alírio caminha para o fundo da cena. Ao ver d. Berta, acompanha a velha, que está recuando sempre. Numa brincadeira cruel ele dança tuíste.)

AURORA   *(rindo)* — Ih, é moleque!

NADIR   *(dando risada também)* — De morte!

AURORA   — Para, Alírio! Alírio, chega! Sujeito chato!

(Alírio para.)

ALÍRIO   — Dinorá!

(Vem Dinorá.)

ALÍRIO   *(esfregando as mãos)* — O negócio é o seguinte. Tem um lugar pra gente ir. Bacana. Uma festa, olha: — concurso de tuíste. Quem for. Convidada mulher, claro. Ganha uma joia. E a gente nem demora.

NADIR   — Vai, sim, Dinorá!

ALÍRIO   — Só falta você. Um instantinho de automóvel.

DINORÁ   — Eu não vou. E nem você, Nadir. Você não vai.

NADIR   — Gracinha!

DINORÁ   *(para Nadir)* — Você é uma pirralha. E além disso, outra coisa.

ALÍRIO	— Escuta, Dinorá.
AURORA	— A gente vai e volta de automóvel.
DINORÁ	*(gritando)* — E quem fica com mamãe?
ALÍRIO	— Dá-se um jeito!
DINORÁ	— Ah, comigo, não!
AURORA	— Você é que é uma chata!
NADIR	— Fala baixo!
DINORÁ	— Outro dia. Sabe o que Ritinha me disse? Disse a mim? Que preferia ver uma irmã morta. Morta, ouviu? Do que fazer certos papéis. Disse.

CENA III

(Quarto do dr. Werneck. Edgard chega. O velho acaba de tomar massagem. Está nu, com um lençol enrolado da cintura até o joelho.)

WERNECK	— Entra, Edgard, entra!
EDGARD	— Boa tarde, dr. Werneck.
WERNECK	*(rindo com seu humor brutal)* — Como vai a frase?
EDGARD	— Não ouvi.
WERNECK	— Ó rapaz! A frase que você descobriu. Do Otto! Não é Otto?
EDGARD	— Otto Lara.

WERNECK   *(exultante)* — Acho ótima. Impressionante. E olha aqui. Sabe que o Peixoto anda espalhando a frase pra todo o mundo? Está fazendo o maior sucesso. Agora os grã-finos se cumprimentam assim, de uma calçada para outra, aos berros: "Fulano! O mineiro só é solidário no câncer!"

EDGARD   *(com amargo ressentimento)* — É uma piada besta.

WERNECK   — Besta?

EDGARD   — Eu acho!

WERNECK   — Discordo. Mas completamente! Em absoluto e por que besta? Rapaz, fiz uma experiência com a minha mulher! Ontem. Foi ontem. Na hora de dormir, viro-me e digo, de supetão: "Fulana, o mineiro só é solidário no câncer." Minha mulher ficou pálida, branca, meio alada. E não dormiu. Palavra de honra. Passou a noite em claro, rapaz! Em claro! Às sete horas da manhã, estava com eczema no ouvido, lá dentro.

EDGARD   *(na sua cólera contida)* — Dr. Werneck, vamos falar sério?

WERNECK   — Estou falando seriíssimo!

EDGARD   — Vim aqui como homem.

WERNECK — Antes de mais nada, Edgard. Aquilo que houve entre nós dois foi, como o brasileiro diz, um mal-entendido. O brasileiro é cínico pra burro. Vamos pôr uma pedra.

EDGARD — Voltei para o emprego, há dez dias. E não estou satisfeito.

WERNECK — Bolas! Vem cá, rapaz. Você se queixa de quê?

EDGARD — Lá na companhia, não me dão nada pra fazer. Eu não faço nada! Não tenho função, dr. Werneck!

WERNECK — Foi ordem minha!

EDGARD — Ordem sua?

WERNECK — Minha!

EDGARD — Por quê?

WERNECK — Ó Senhor! Edgard, presta atenção!

EDGARD *(violento)* — Assim eu não quero! Não aceito!

WERNECK *(furioso)* — Eu te aumentei o ordenado. Quatro vezes! Você, fique sabendo, não é um funcionário qualquer. Você é meu genro, meu futuro genro. Não precisa trabalhar.

EDGARD *(incisivo)* — Dr. Werneck!

WERNECK — Fala!

EDGARD — Eu não quero ser "o genro". Quero trabalhar. Eu sei que o pessoal lá.

WERNECK — Não dá bola!

EDGARD — O pessoal fala de mim. Nas minhas costas, diz o diabo. E eu me sinto mal. Passo o dia todinho sem fazer nada.

WERNECK — Faz o seguinte: não vai lá. Fica em casa. Vai só receber, pronto.

EDGARD — Eu não sou o Peixoto!

WERNECK — Engano. No Brasil, todo mundo é Peixoto. *(muda de tom)* Apanha o talco. Ali. Passa nas costas. Nas costas. Está coçando pra burro. Aí. Põe. Espalha. Coça um pouco, coça. Mais pra baixo. Coça. Assim.

(Edgard já pôs talco, já coçou.)

EDGARD — Eu tenho caráter!

WERNECK — Não posso conversar com esses trajes! Quando tomo massagem, gozado, eu me sinto um Nero de filme. Essas sandálias, olha. São do Nero de Cecil B. DeMille. Mas vem cá. Do que é que eu estava falando? Ah, caráter! Você tem caráter? Tem?

EDGARD — Tenho!

WERNECK — Pois então escuta. Quero esse casamento. De qualquer maneira. Vou fazer contigo uma experiência que eu fiz com o Peixoto. Você diz que não é Peixoto. Vou testar teu caráter. É um teste.

(Werneck corre para a mesa. Apanha um livro de cheque. Escreve. Depois, passa o cheque para Edgard.)

WERNECK — Toma!

EDGARD — O que é isso?

WERNECK — Cheque. Ao portador. Lê a quantia. Lê.

EDGARD *(atônito)* — Cinco milhões de cruzeiros!

WERNECK — Pra ti, rapaz! De mão beijada. Cinco milhões de cruzeiros.

EDGARD — Mas por quê? A troco de quê?

WERNECK *(excitadíssimo)* — É o teste! *(muda de tom, caricioso, melífluo)* O mineiro só é solidário no câncer, Edgard! Cinco milhões! É só passar no banco!

EDGARD — Cinco milhões!

WERNECK *(arquejando de fúria)* — É teu o dinheiro. Mas se você tem caráter. E eu acredito. Se você tem caráter, rasga o cheque. Tão simples! Rasga e depois atira na minha cara o papel picado. Ou você é Peixoto, não passa de um Peixoto!

EDGARD   *(baixo e atônito)* — O mineiro só é solidário no câncer.

(Edgard vira-se. Werneck sai pelo lado oposto. Edgard caminha e para diante de d. Lígia.)

D. LÍGIA   *(sôfrega)* — Meu filho, eu estava esperando você.

EDGARD   — Ah, como vai a senhora?

D. LÍGIA   — Falou com meu marido?

EDGARD   — Acabei de conversar.

D. LÍGIA   — Eu sei que você. Não é? Você fará minha filha feliz. Você é bom. E graças. Tive muita sorte com as minhas filhas. Tanto a mais velha, como a menor. Você é bom. Acho que. Meu marido parece mau, mas é bom. Tem aquele gênio. Só fogo de palha. Você gosta muito de minha filha?

EDGARD   — Naturalmente.

(Werneck aparece, de roupão.)

WERNECK   *(para Edgard)* — Você ainda está aí?

D. LÍGIA   — Então, até logo. Deus te abençoe.

EDGARD   — Obrigado.

WERNECK — Você até que teve muita sorte. Minha filha continua pura. Tão pura que nem alma tem. A alma vem com o tempo, vem depois.

CENA IV

(Entrada da casa de Peixoto. Ele entra e cruza com Arturzinho, que vem saindo.)

PEIXOTO — Olá, Arturzinho.

ARTURZINHO — Gostaste do Fluminense?

PEIXOTO — Zezé Moreira, sei lá.

ARTURZINHO — O Valdo e o Maurinho estão fazendo uma falta danada.

PEIXOTO — Rodrigo é muito lento.

ARTURZINHO — Até logo.

PEIXOTO — Tchau.

CENA V

(Peixoto entra. Projeção do quarto do casal. Na cama, Tereza chora. Peixoto apanha um travesseiro no chão.)

PEIXOTO *(com sarcasmo)* — Travesseiro no chão! Cama daquele jeito!

TEREZA *(furiosa)* — Não aborrece você também!

PEIXOTO (*mais sério e incisivo*) — Escuta, Tereza. Você sabe que eu não sou de reclamar. Sou um marido que não reclama. Mas há coisas, entende? (*respira fundo*) Coisas que não devem acontecer!

TEREZA (*com deboche*) — O que é que não deve acontecer?

PEIXOTO — Isso.

TEREZA — Fale português claro!

PEIXOTO — Eu cheguei e o Arturzinho ia saindo. (*com desespero honesto*) Por que na minha casa?

TEREZA (*num berro feroz*) — Minha!

PEIXOTO (*desconcertado*) — O quê?

TEREZA (*esganiçadíssima*) — Minha! A casa é minha!

PEIXOTO (*gritando também*) — Quero saber por que é que você não vai ter seus encontros lá fora?

TEREZA (*com triunfante crueldade*) — Mas a casa é minha ou não é minha?

PEIXOTO (*desatinado*) — Não admito aqui dentro.

TEREZA (*de costas*) — A casa é minha! Minha!

(*Peixoto faz a mulher virar-se.*)

PEIXOTO — Escuta aqui!

TEREZA — Não chateia e olha.

PEIXOTO (*quase chorando*) — Aqui, não! Aqui, não quero!

TEREZA — Eu te conheço longe. Você nunca soube ser homem!

PEIXOTO — Esse Arturzinho!

TEREZA (*num acesso*) — Não fala nesse cachorro. Esse palhaço. E se você fosse homem. (*muda de tom*) Por que não quebrou a cara dele? (*começa a chorar*) Veio aqui dizer que vai se casar! Com a Eliana! Também, olha: — dei-lhe uma bofetada!

PEIXOTO (*com um hediondo sarcasmo*) — Dor de corno?

TEREZA — Ou você pensava que fosse o quê? (*desaforada*) Dor de corno, sim! (*quebrada*) Mas você nem sabe o que é isso. Você não gosta de ninguém. É incapaz. Você já gostou de alguém?

PEIXOTO (*subitamente grave e triste*) — Eu gosto de alguém.

TEREZA (*feroz*) — Duvido!

PEIXOTO (*desesperado*) — Gosto!

TEREZA — Mentira!

PEIXOTO (*quase chorando*) — Juro! Gosto de uma mulher. Uma mulher que é pior do que você! Mais suja do que você. Eu amo essa mulher.

TEREZA *(incisiva)* — Duvido!
PEIXOTO *(num soluço)* — Amo!
TEREZA — Você é igual a esse Edgard. É outro. Não gosta da Maria Cecília! *(com esgar de nojo)* Vocês, puxa. São todos iguais. Não escapa um.

(Peixoto controla o próprio ódio. Ajeita o colarinho.)

PEIXOTO — E aquele dinheiro?
TEREZA *(atônita)* — Que dinheiro?
PEIXOTO — Do automóvel. O novo automóvel.
TEREZA *(ainda sentida, sardônica)* — Ah, você quer mais dinheiro?
PEIXOTO — Fiquei de levar o cheque amanhã de manhã.
TEREZA *(num riso falso)* — Mais dinheiro, hem? *(e, súbito, tem uma explosão de nervos)* Não leva um tostão! Um tostão! Um níquel não leva!

CENA VI

(Fusão com a escola de Ritinha. Na tela, a moça com as crianças. Ritinha aparece. Jeep, com Edgard. A moça caminha em direção oposta à do jeep. Edgard movimenta o carro em sua direção.)

EDGARD	— Ritinha!
RITINHA	*(em pânico)* — Pelo amor de Deus!
EDGARD	— Quer uma carona?
RITINHA	*(olhando em torno, apavorada)* — Você está maluco?
EDGARD	— Entra aqui!
RITINHA	— Vai embora!
EDGARD	— Ritinha, entra!
RITINHA	*(desesperada)* — Oh, meu Deus!
EDGARD	— Depressa!

(Desesperada, Ritinha obedece e sobe no jeep.)

RITINHA	— Você é um chato!
EDGARD	— Calma!
RITINHA	— Eu não posso ser vista! Compreenda isso!
EDGARD	— Escuta.
RITINHA	— Caso sério.
EDGARD	— Ritinha, ouve. Não é o que você pensa, está ouvindo?
RITINHA	— Você uma vez, fez aquilo comigo!
EDGARD	— Vim só me despedir.
RITINHA	*(atônita e magoada)* — Despedir?
EDGARD	— Vou me casar!

RITINHA — *(atônita e desolada)* — Mentira.

EDGARD — — Fiquei noivo. Olha aqui a aliança.

RITINHA — *(com pena)* — Quer dizer que.

EDGARD — *(sofrido)* — E como é a última vez, a última. Eu queria passar uma hora contigo.

RITINHA — — Eu tenho responsabilidade.

EDGARD — — Deixa de ser boba, Ritinha! Olha.

RITINHA — *(num lamento)* — Não.

EDGARD — — Você não pode ser vista, nem eu. Mas descobri um lugar. Um lugar formidável. Fabuloso. Onde não há o menor perigo, o menor! O lugar mais discreto, cem por cento.

RITINHA — *(sardônica)* — Apartamento, talvez?

EDGARD — — Está vendo? Você é que é chatinha!

RITINHA — *(de pé atrás)* — Que lugar?

EDGARD — — Adivinha.

RITINHA — — Sei lá.

EDGARD — — O cemitério.

RITINHA — — O quê?

EDGARD — — Cemitério.

RITINHA — — Não brinca assim. Fala sério, Edgard.

EDGARD — — Estou falando seriíssimo!

RITINHA	— Não amola.
EDGARD	— Fora de brincadeira. O cemitério é o lugar ideal. E bolei outra ideia. Vamos ao Caju.
RITINHA	*(aterrada)* — Ao Caju?
EDGARD	— Mas claro. São João Batista não interessa. Lá pode ter defunto conhecido da minha pequena. No Caju, não. Só dá cabeça de bagre.
RITINHA	— Não vou! Já disse! Que ideia boba! Ideia sem graça!

(Na tela, o portão do cemitério São Francisco Xavier. Edgard e Ritinha saltam do jeep.)

RITINHA	*(furiosa)* — A culpada sou eu!
EDGARD	— Chega, Ritinha! Parece matraca!
RITINHA	— Evidente! O que é que eu estou fazendo aqui? Você, noivo! E mesmo que não fosse noivo. Eu não posso gostar de ninguém.
EDGARD	— Ritinha, eu vou te dizer uma coisa.
RITINHA	— Mas não fala bonito!
EDGARD	*(doce)* — Ritinha.
RITINHA	— Eu não gosto de homem que fala bonito.

EDGARD — Ouve. Até hoje, eu só conheci duas mulheres dignas de amor. Uma é minha noiva. Outra — você.

RITINHA — Eu?

EDGARD — Você.

RITINHA *(comovidíssima)* — Sua noiva, sim. Eu, não.

EDGARD —Você também.

RITINHA — Tem certeza?

EDGARD — Ora!

RITINHA *(suspirando)* — Você não me conhece.

EDGARD — Olha ali.

RITINHA — O quê?

EDGARD — Um túmulo vazio. Vem cá. Chega aqui, Ritinha.

(Edgard olha, fascinado, o túmulo aberto. Na tela, panorama do cemitério. Edgard salta dentro do túmulo.)

RITINHA *(estupefata)* — Edgard! Sai daí, Edgard!

EDGARD — Pula também! Pula!

RITINHA — Deus me livre!

EDGARD *(no apelo)* — É a nossa despedida!

RITINHA — Não vou!

(Rápido, Edgard apanha a perna de Ritinha pelo tornozelo.)

EDGARD   *(triunfante)* — E agora?

RITINHA   — Me larga!

(Edgard arranca um sapato da moça.)

EDGARD   — Desce ou vai sem sapato!

RITINHA   — Você me paga!

(Pulando num pé só, Ritinha olha para um lado e outro.)

EDGARD   — Ninguém está vendo! Ritinha, não tem ninguém! Salta!

(Ritinha escorrega e cai no interior do túmulo.)

RITINHA   — Doido! Doido!

EDGARD   *(sôfrego)* — Eu gosto de você!

RITINHA   — Mentiroso!

EDGARD   — Adoro!

RITINHA   *(sofrida)* — E sua noiva?

EDGARD   — Minha noiva, também.

RITINHA   *(com amargura)* — Gosta nada! Gosta de ninguém!

EDGARD   — Ritinha, olha. Escuta, Ritinha. Eu quero te beijar aqui.

RITINHA — Não.

EDGARD — E sabe lá se eu gosto de morrer com as minhas namoradas? Mas dane-se a morbidez. É o último beijo! O último! O nosso adeus! Você já me beijou, Ritinha! Eu quero um beijo dado!

(De repente, muda a atitude de Ritinha. Passa a mão na cabeça, com um jeito provocante e ordinário.)

RITINHA *(alto e insolente)* — Você quer um beijo? *(com violência)* Olha! Te dou o beijo e o resto! Tudo! Mas de graça, não!

EDGARD *(estupefato)* — De graça, não?

RITINHA *(duramente)* — Três mil cruzeiros. É quanto eu cobro. Dou mil cruzeiros à dona e fico com o resto.

EDGARD *(apavorado)* — Olha pra mim!

RITINHA *(virando o rosto)* — Edgard.

EDGARD *(desesperado, apanhando o rosto da pequena entre as mãos)* — Quero ver tua cara.

RITINHA *(chorando)* — Edgard, eu! Eu!

EDGARD *(feroz)* — Fala!

RITINHA — Eu continuaria fingindo se fosse outro. Mas escuta. De você, eu gosto. A professorinha é uma máscara. Eu sou outra coisa. *(num desespero maior)* — Vou com qualquer um por dinheiro! Não me compare à sua noiva. Eu não chego aos pés da sua noiva.

(Súbito aparece, na beira do túmulo, o vulto do coveiro luso.)

COVEIRO *(com sotaque forte)* — Mas ó meninos! Que novidade é essa?

(Pânico do casal. Rápido, Edgard enfia a mão no bolso. Tira uma cédula grande.)

EDGARD — Nossa amizade! Não leva a mal, mas toma, toma, pra uma cervejinha.

(Coveiro apanha a cédula. Riso largo.)

COVEIRO — Vá lá! Vá lá!
EDGARD — Um minutinho só.
COVEIRO — Dá mais uns beijinhos e vamos andar que isso não são locais de bandalheiras. Daqui a pouco está aí o enterro.

(Afasta-se o coveiro. Edgard o chama.)

EDGARD — Meu chapa!
COVEIRO — O que é que foi?

EDGARD (*na sua fúria contida*) — O mineiro só é solidário no câncer.

COVEIRO (*sem entender*) — Deixa pra lá! Deixa pra lá!

(Sai o coveiro.)

EDGARD — Quer dizer que você é uma.

RITINHA (*desesperada*) — Esse nome, não! Não diz essa palavra! Essa palavra, não! Eu não presto. Posso ser vagabunda, ordinária, tudo o que você quiser. Mas adoro você! Adoro! Nem tua mãe, nem tua noiva! Eu adoro você.

COVEIRO — Ó meninos. O enterro, vem pra cá. O gajo é brigadeiro. Larga a rapariga! Ó raio!

CAI O PANO SOBRE O FINAL DO SEGUNDO ATO

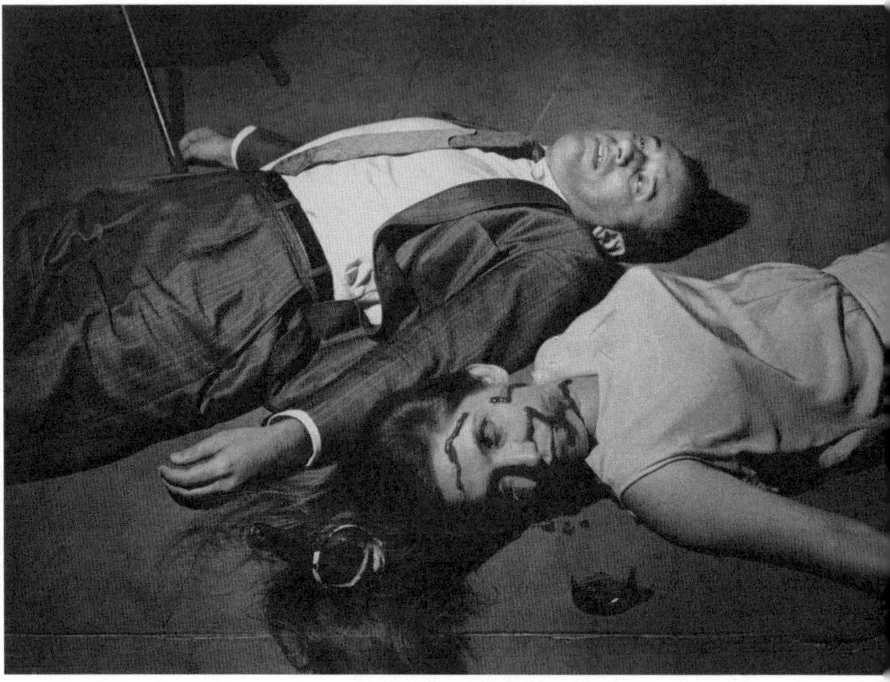

TERCEIRO ATO

CENA I

(Palácio do dr. Werneck. Este joga cartas com d. Lígia. Werneck fala com irritação e pena.)

WERNECK — Fala! Lígia, não perde tempo.

D. LÍGIA — Você se faz de mau!

WERNECK *(que, ao mesmo tempo, presta atenção às cartas)* — Toca o bonde! Toca o bonde!

D. LÍGIA — Quero um casamento simples.

WERNECK *(tirando uma carta)* — Pinoia! Oito de paus!

D. LÍGIA *(continuando)* — Cerimônia íntima. Civil e religioso; em casa.

WERNECK *(atento às cartas) (com humor feroz)* — Quer dizer que você me acha bom?

D. LÍGIA (*com certa impaciência*) — Está ouvindo, Heitor?

WERNECK — Sei. Casamento simples.

D. LÍGIA — E sem vestido de noiva.

WERNECK (*olhando a carta*) — Valete. (*mudando de tom*) Sem vestido de noiva por quê?

D. LÍGIA — Ora, Heitor!

WERNECK — Mas claro!

D. LÍGIA — Depois do que houve não seria decente!

WERNECK — Mas ninguém sabe!

D. LÍGIA — Deus sabe!

WERNECK — Deus não se mete. Aquele médico, aquele. Resolvia a situação. Mas você pensa que toda noiva é cabaço.

D. LÍGIA — Essas expressões!

WERNECK — Você sempre com essa mania de ser honesta. Ninguém é honesto. (*com humor feroz*) — Você é a última honestidade que eu conheci! Hoje, já se reconstitui a virgindade. Você não quer, paciência. Mas esse Edgard.

D. LÍGIA (*interrompendo*) — Bom menino!

WERNECK (*com sarcasmo*) — Bom menino! (*muda de tom*) Outro dia, eu soube que esse sujeito.

D. LÍGIA (*escandalizada*) — Heitor!

WERNECK — Sujeito sim. Esse sujeito tomou um porre. Deu *show*. E me contaram que ele berrava. Ouve, Lígia. Berrava: — "O mineiro só é solidário no câncer!" Uma besta! Um pulha!

D. LÍGIA — É o seu genro! Heitor!

WERNECK *(furioso)* — Está bem. Não quer vestido de noiva? Que mais?

D. LÍGIA — Heitor, vou lhe pedir um favor. Pelo amor de Deus, não repita mais. Essa frase! A frase do mineiro!

WERNECK — Vá lá! Vá lá!

D. LÍGIA — Heitor, eu tenho a impressão que vou morrer breve. Não duro muito.

WERNECK *(com jocunda ferocidade)* — Vai chorar outra vez?

D. LÍGIA *(arrebatada)* — Vou! Vou chorar! Graças a Deus ainda choro! Ainda sei chorar! E o seu mal é que você não chora! *(com mais força)* — Você devia chorar!

WERNECK *(num riso cruel)* — Boa piada!

D. LÍGIA — Heitor! Antes de morrer, quero ver minha filha casada. Quero saber que minha filha é uma menina igual às outras. Igual a todo mundo. Normal. Graças a Deus, Tereza é feliz no casamento. Quero que Maria Cecília seja feliz como Tereza!

CENA II

(Na tela, detalhe do Itanhangá. Ao fundo um match *de polo. Edgard na cerca. Peixoto vem por detrás, bate-lhe nas costas.)*

PEIXOTO — Olá, mineiro!

EDGARD — Que piada é essa?

PEIXOTO — Não sei, mas bebi, ali, um negócio. Não almocei, estômago vazio e estou achando todo mundo com cara do Alkmim. Escuta. Como vai a frase do Otto?

EDGARD — Muda de chapa!

PEIXOTO *(com humor feroz)* — Mas espera lá! A frase do Otto é uma promoção tua!

EDGARD — Antes que eu esqueça. Escuta, Peixoto!

PEIXOTO — Você se zangou?

EDGARD — Não é nada disso! Olha aqui: — o meu casamento. Vocês pensam que me compraram e que eu me vendi. Pensam.

PEIXOTO *(com alegre escândalo)* — Está com vergonha de mim?

EDGARD — Não chateia!

PEIXOTO *(com a mesma efusão)* — Eu também sou mau-caráter!

EDGARD *(desesperado)* — Eu não sou mau--caráter. Não admito, ouviu? Está ouvindo?

PEIXOTO — Mas hoje em dia. Escuta. No Brasil, quem não é canalha na véspera, é canalha no dia seguinte. O Otto está certo. O mineiro só é solidário no câncer.

EDGARD — Você está bêbado, Peixoto. Mas ouve. Cala a boca!

PEIXOTO — Fala!

EDGARD — Fique sabendo. Vocês não me compraram. Eu não me vendi. Aceitei esse casamento porque. Já conhecia Maria Cecília. Sempre achei que podia me apaixonar por Maria Cecília.

PEIXOTO *(com deboche)* — E a tua vizinha?

EDGARD — Que vizinha?

PEIXOTO — A tal!

EDGARD — Aquilo não foi nem flerte. E, ainda por cima, uma vigarista. Mas ouve. Eu já gosto de Maria Cecília.

PEIXOTO — Posso falar?

EDGARD *(olhando em torno)* — Estou esperando Maria Cecília!

PEIXOTO — É rápido.

EDGARD — Ela deve estar estourando.

PEIXOTO — Acaba logo. Você diz que eu estou bêbado. Mas escuta. Toda a família tem um momento, um momento em que começa a apodrecer. Percebeu? Pode ser a família mais decente, mais digna do mundo. E lá um dia, aparece um tio pederasta, uma irmã lésbica, um pai ladrão, um cunhado louco. Tudo ao mesmo tempo. Está ouvindo, Edgard?

EDGARD — Acaba.

PEIXOTO *(lento)* — Com minha autoridade de bêbado, te digo: a família da minha mulher, de tua noiva, começou a apodrecer. E, nós, eu e você, também, Edgard, também!

EDGARD *(recuando)* — Eu me recuso!

PEIXOTO *(caricioso e terrível)* — Você se recusa a apodrecer?

EDGARD *(desesperado)* — Eu não me vendi! E olha! Eu não sou você!

PEIXOTO — Sua besta! Você ainda esperneia. Ainda. Eu também esperneava. E depois. *(com mais força)* — Você vai acabar como eu. Vai cair de quatro. De quatro diante do dinheiro! Sabe o que é dinheiro? O tutu?

EDGARD *(furioso)* — Você é de uma sordidez que.

PEIXOTO — E quem é você pra me chamar de sórdido? Ou se esquece que foi você que descobriu a frase do Otto? *(feroz)* — E queres saber duma? Não há ninguém que trepe na mesa e diga: — "Eu sou um canalha!" Pois bem, eu digo! "Eu sou um canalha!" Digo isso de boca cheia! Sou um canalha!

EDGARD — Maria Cecília vem aí.

PEIXOTO *(baixando a voz)* — Edgard, vamos apodrecer juntos. *Bye, bye*!

CENA III

(Peixoto afasta-se. Edgard e Maria Cecília entram no jeep. Na tela, sucessão de paisagens, como se o carro é que estivesse em movimento.)

MARIA CECÍLIA — Vamos àquele lugar?

EDGARD — Não prefere outro?

MARIA CECÍLIA — Não. Quero lá.

(Os dois saltam do jeep. Estão maravilhosamente sós. Deitam-se no chão.)

MARIA CECÍLIA — Isso é tão lindo!

EDGARD *(olhando em torno)* — Escuta, Maria Cecília. Vamos voltar?

MARIA CECÍLIA — Mais um pouquinho.

EDGARD — Olha, meu bem!

MARIA CECÍLIA — Então, você acha que eu não sei beijar?

EDGARD   *(olhando em torno)* — Acho melhor a gente ir embora.

MARIA CECÍLIA   — Responde.

EDGARD   — Esse lugar aqui é meio perigoso. Podemos ser assaltados. Não passa ninguém, nada, por aqui.

MARIA CECÍLIA   — Primeiro responde. Não sei beijar?

EDGARD   — Sabe.

MARIA CECÍLIA   — Você disse que não.

EDGARD   — Você, meu bem.

MARIA CECÍLIA   — Como é que se beija?

EDGARD   — Ora!

MARIA CECÍLIA   — Diz!

EDGARD   — É o seguinte. *(muda de tom)* Vamos sair daqui? Isso aqui é.

MARIA CECÍLIA   — Responde, Edgard.

EDGARD   *(mais incisivo)* — Você beija de boca fechada. Você fecha a boca.

MARIA CECÍLIA   — Como é que se faz?

EDGARD   — Vamos agora?

MARIA CECÍLIA   — Como é que se faz?

EDGARD   — Beijo não é assim. Beijo de amor, naturalmente. A gente abre. Ouviu? Abre a boca, porque.

MARIA CECÍLIA   *(interrompendo, vivamente)* — Você me acha muito criança, boba, não acha?

EDGARD	*(incerto)* — Bem.
MARIA CECÍLIA	— Acha?
EDGARD	— Um pouco. Mas olha. Eu te ensino como se beija. Chega aqui.
MARIA CECÍLIA	— Agora não!
EDGARD	— Por quê?
MARIA CECÍLIA	— Não, Edgard. Um dia. Eu prometo. Um dia, eu te dou, escuta, Edgard! Te dou um beijo de verdade!
EDGARD	— Está certo. E nem eu. Quero que você me compreenda. Eu não sei forçar. Eu.
MARIA CECÍLIA	*(desligada)* — Tarde linda!
EDGARD	— Explica.
MARIA CECÍLIA	*(em sonho)* — Você não acha isso aqui lindo?
EDGARD	— Mas explica. É uma pergunta. Por que é que, todas as tardes, você me traz aqui. Sempre no mesmo lugar. E você fica de cabeça baixa.
MARIA CECÍLIA	— Rezando.
EDGARD	— Como se rezasse.
MARIA CECÍLIA	— Estou rezando.
EDGARD	— O que é que tem este lugar?
MARIA CECÍLIA	*(febril)* — Foi aqui.
EDGARD	— O quê?
MARIA CECÍLIA	— Vem cá, anda! Está vendo? Foi aqui que aconteceu tudo!

EDGARD — Mas vamos embora.

MARIA CECÍLIA — Não.

EDGARD — Você conta no carro.

MARIA CECÍLIA *(sem ouvi-lo)* — Olha ali. Foi lá que enguiçou o carro. Lá, onde está o nosso. Ali. Um dia. *(muda de tom)* O Peixoto estava me ensinando a guiar.

EDGARD — O Peixoto?

MARIA CECÍLIA — O carro morreu e ele saltou para ver o defeito.

(Maria Cecília encaminha-se para uma área de luz. Peixoto aparece. Evocação do episódio.)

MARIA CECÍLIA — O que é que é?

PEIXOTO — Sei lá. Vai ver que é o carburador. É uma droga!

(Do outro lado da estrada surgem cinco homens, todos negros.)

NEGRO — Vai lá, Negro!

OUTRO — Mete as caras!

(Negro ergue-se e avança.)

NEGRO — Como é, meu chapa? Quer uma mãozinha?

PEIXOTO	— Olá! O filtro do carburador.
MARIA CECÍLIA	— E por aqui não passa automóvel.
NEGRO	— Deixa eu dar uma espiada.
PEIXOTO	— Caso sério.

(Negro mete a cabeça no motor.)

NEGRO	— Tem uma chave?
PEIXOTO	— Chave?
NEGRO	— De parafuso?
PEIXOTO	— Ah, de parafuso! Tem aqui.

(Peixoto apanha uma chave e dá ao negro.)

NEGRO	— Espia. *(aponta)* É ali.

(Peixoto mete a cabeça no motor. Então, o outro, por trás, desfere tremendo golpe na cabeça de Peixoto. Este cai, com um gemido.)

MARIA CECÍLIA	*(apavorada)* — Que é isso?

(Os outros negros irrompem da mata e fazem o cerco, às gargalhadas. Maria Cecília tenta a fuga impossível. Na tela, o rosto ensanguentado de Peixoto. Maria Cecília corre pelo palco com os crioulões atrás. Na tela, a cara de Maria Cecília desfigurada pelo pavor. E, no palco, o negro alcança e domina Maria Cecília.)

MARIA CECÍLIA   (esganiçada) — Não! não!
NEGRO   (jocundo e feroz) — Um beijo! Um beijo!
MARIA CECÍLIA   (no medo selvagem) — Não quero! (mais forte) Não quero!
NEGRO   (mais violento) — Sua! Me dá o beijo!
OUTRO   (debochado) — Dá, filhinha, dá!
NEGRO   (já enfurecido) — Beija o negro!
MARIA CECÍLIA   (enlouquecida) — Meu pai é rico! Meu pai dá dinheiro!
NEGRO   — Ou tu me acha negro? Então, me xinga de negro!
MARIA CECÍLIA   — Dou dinheiro!
OUTRO   (em falsete) (às gargalhadas) — Papai é rico! Papai dá dinheiro!
NEGRO   (possesso) — Me xinga! Me xinga!
MARIA CECÍLIA   (como louca) — Negro! Negro! Negro! Negro!
NEGRO   — Quem me chamar de negro, morre! Eu mato! Eu não sou negro!

(Negro carrega Maria Cecília. Foge para a mataria.)

MARIA CECÍLIA   (gritando) — Meu pai é rico! Eu dou dinheiro!

(Durante toda a cena, os outros fazem um grande alarido. Riem em falsete, pulam como índios e atiçam o negro. Fora de cena, Maria Cecília grita ainda, na sua obsessão de riqueza.)

MARIA CECÍLIA — Meu pai é rico! Dinheiro! Dinheiro!

(Peixoto recupera os sentidos. Levanta-se, cambaleante. Vai apanhar Maria Cecília. Volta carregando a menina. Novamente Maria Cecília com Edgard.)

EDGARD — *(desesperado)* — Mas por que o Peixoto não matou os caras, um por um?

MARIA CECÍLIA — Desarmado.

EDGARD — *(fora de si)* — Numa hora dessas, o sujeito não desmaia. O sujeito mata! Tem que matar!

MARIA CECÍLIA — Edgard. Um dos miseráveis se chamava "Cadelão". Foi esse que. O primeiro. Mandava nos outros. "Cadelão!" De vez em quando eu ouço uma voz repetindo: — "Cadelão." Por isso eu não sei beijar. E acho o beijo. Desculpe, sim?

EDGARD — Acha o beijo.

MARIA CECÍLIA — Acho o beijo, nem sei. O beijo é uma coisa que.

EDGARD	— Maria Cecília, quero te dizer que. Respeito o seu sofrimento. E compreendo.
MARIA CECÍLIA	*(febril)* — O pior você não sabe. Telefonaram lá pra casa.
EDGARD	— Quem?
MARIA CECÍLIA	*(febril)* — Sei lá. Voz de homem. Uma vez. O sujeito só disse isso: "Maria Cecília, você gostou de ser violada." Que eu gostei de ser violada. E desligaram.
EDGARD	— Miserável! É uma gente!
MARIA CECÍLIA	*(resmungando)* — E se você. Estamos sozinhos. Lugar deserto. Ninguém. Se nós dois. E se você que nunca me beijou.

(O rosto de Maria Cecília é uma máscara cruel.)

EDGARD	— Vem cá, Maria Cecília! Maria Cecília!
MARIA CECÍLIA	— Se você quisesse me beijar à força. Você! Quisesse fazer — você sozinho — o que aqueles cinco homens. Mas não tem coragem. É covarde.
EDGARD	*(num apelo)* — Meu amor.

(Maria Cecília corre pelo palco num pânico feroz. Perseguição de Edgard. Ela cai. Edgard por cima de Maria Cecília.)

EDGARD	*(desesperado)* — Maria Cecília. Eu não toco num fio dos teus cabelos!

MARIA CECÍLIA *(aos soluços)* — Ah, querido! O sujeito que me telefonou. Só pode ser o "Cadelão"!

EDGARD *(atônito)* — Mas o "Cadelão" não é negro? O negro boçal? Não diria "violada". É uma palavra que. Entende? Não usaria a palavra "violada"!

MARIA CECÍLIA *(soluçando)* — Tenho medo! Medo!

CENA IV

(Projeção do edifício onde moram Ritinha e Edgard. A moça espera o rapaz.)

RITINHA — Eu queria explicar.

EDGARD — Ritinha, não adianta. E nem interessa.

RITINHA — Edgard, você não sabe o que é.

EDGARD — Sei.

RITINHA *(quase chorando)* — Não sabe. Eu queria apenas. Presta atenção. Eu não era assim. Juro! Era direitíssima!

EDGARD *(violento)* — Quer dinheiro?

RITINHA *(desesperada)* — Não me humilhe, Edgard.

EDGARD — De mim, não leva nada! Um níquel!

RITINHA   (*chorando*) — Eu quero contar a minha história. Só isso! Quer me ouvir, Edgard?

EDGARD   — Está perdendo o seu tempo! Ritinha, eu não quero ouvir história nenhuma!

RITINHA   — Edgard!

(Edgard arranca o cheque.)

EDGARD   — Está vendo isso aqui? É um cheque!

RITINHA   — Ouve, Edgard!

EDGARD   — Um cheque! Cinco milhões de cruzeiros!

RITINHA   (*sem ouvi-lo e querendo falar mais alto*) — Eu sou o que sou porque.

EDGARD   (*sem ouvi-la também*) — Cheque! Enquanto eu não rasgar isto aqui, eu serei um canalha!

RITINHA   (*fora de si*) — Minha mãe era tesoureira dos Correios e Telégrafos. Funcionária antiga.

EDGARD   — Eu podia rasgar este cheque agora, neste momento.

RITINHA   — Pelo amor de Deus! Escuta!

EDGARD   (*furioso*) — Quem tem razão é o Otto. A frase do Otto é genial. E não adianta você contar história nenhuma. Não adianta. Enquanto eu não rasgar este

	cheque. Ou eu rasgo este cheque ou então a frase do Otto é a verdade.
RITINHA	*(violenta)* — Ou você me ouve.
EDGARD	— Ou eu te ouço.
RITINHA	*(violenta)* — Eu tenho a mania do suicídio! Só não me matei, ainda, porque tenho a minha mãe e as minhas irmãs. Por isso! Mas se você não quiser me ouvir, eu me atiro. Atiro debaixo do primeiro ônibus. Você duvida?
EDGARD	*(arquejante)* — Então conta. Conta.
RITINHA	— Quero que Deus me cegue se minto. Um dia, houve um roubo, nos Correios. Desapareceu uma quantia grande. Minha mãe era a responsável. Fizeram uma comissão de inquérito. Então eu fui falar com o presidente. O presidente da comissão. Está ouvindo, Edgard?
EDGARD	*(abstrato)* — O mineiro só é solidário no câncer. *(muda de tom)* Continua.

CENA V

(Ritinha afasta-se. Evocação do episódio narrado. Ritinha com o presidente da comissão.)

VELHO	*(furioso)* — São os fatos! os fatos!

RITINHA   *(aos soluços)* — Em vinte anos minha mãe não teve uma falta! Não usou nem a licença-prêmio!

VELHO   *(sarcástico)* — São outros quinhentos! Outros quinhentos! *(com súbita fúria)* Menina! Roubou! Pronto! Sua mãe roubou! Todas as suspeitas, entende? Roubou!

RITINHA   — Minha mãe é incapaz! Incapaz de tirar um tostão! Nós passamos privações!

VELHO   — Você é filha. E a filha não aceita. Não concebe. *(berro súbito)* Vai-se fazer justiça doa a quem doer. E eu não vou me sujar! Minha folha de serviço! Ou você pensa que. Está muito enganada. Não sou moleque e nem admito.

RITINHA   *(chorando)* — Quer dizer quê?

(O velho baixa, subitamente, a voz. Agarra Ritinha por um braço.)

VELHO   — Estou sendo durão por causa dos outros. Estão ouvindo. Uma corja! *(mudando o tom e berrando outra vez)* Afinal, os meus anos de serviço! Eu tenho netos! Netos! *(baixo, sôfrego e passando o lenço na testa)* Tenho muita peninha de si.

RITINHA   — Pelo amor de Deus!

VELHO — Vamos fazer o seguinte: — você vem aqui no domingo.

RITINHA *(atônita)* — Mas abre no domingo?

VELHO *(limpando o pigarro)* — Tenho chave. Domingo não tem ninguém e podemos conversar. Conversar. Entra por aquela porta do lado. Deixo encostada, você empurra e entra. O negócio tem de ser discretíssimo. Conversaremos e. Não prometo nada. Depende. Mas quem sabe?

(O velho afasta-se. Sem sair do lugar, Ritinha vira-se e começa a falar para Edgard.)

RITINHA — Voltei lá no domingo. Porta apenas encostada. Entrei.

VELHO *(esfregando as mãos)* — Agora é outra coisa. Estamos sozinhos. Aqui ouve-se tudo. É uma gente que. Mas como é? Nervosa?

RITINHA — Mamãe acha e disse.

VELHO *(vivamente)* — Sua mãe é uma colega como poucas. Distintíssima. *(incisivo)* Sabe que sua mãe depende de mim? Sabe? Só de mim?

RITINHA — Sei. Sei.

VELHO *(mudando de tom e melífluo)* — Pois é. Chorando por quê? *(novamente incisivo)*

O que eu quiser, os outros assinam em cruz. É o que eu quiser! Agora responda: — Você quer salvar sua mãe? Sim ou não?

RITINHA — Mas que é isso? Não faça isso!

(O velho está querendo puxar o decote de Ritinha. Esta recua, apavorada.)

VELHO *(recuando)* — Está bem. Eu não toco em você. Me afasto. Fico de longe. E você. Você, mesma, você. Puxa um pouco o decote. Um pouco. O decote.

RITINHA — Não quero! O senhor não pode!

VELHO *(fora de si)* — Ou prefere. Escuta, menina! Prefere que eu ponha sua mãe na cadeia? Prefere? Depende de mim! De mim! *(muda de tom, súplice)* — Estou pedindo o mínimo! O mínimo!

RITINHA *(chorando)* — O senhor está abusando de mim!

VELHO *(desesperado de desejo)* — O mínimo! No médico, a mulher! Os médicos despem! *(numa súplica abjecta)* — No exame de câncer, a cliente fica nua! Em pelo! Você mostra o seio. Eu só olho. De longe. Não toco em você. Fico aqui. Olhando, apenas. O mínimo! E salvo sua mãe. Agora escolha. *(pausa)* Estou esperando.

RITINHA *(desesperada)* — O senhor jura que minha mãe não será presa?

VELHO *(violento)* — Eu sou homem de bem! Homem de uma palavra só! *(muda de tom) (novamente com humilde desejo)* — Juro! Juro o que você quiser! Agora mostra!

(Pausa, Ritinha puxa o decote, um seio aparece. E então o velho avança e atraca Ritinha.)

RITINHA — Não! Não!

VELHO — Quieta! Olha que eu te! No médico, não há pudores!

RITINHA *(esganiçadíssima)* — Pelo amor de Deus!

(Soluços ferozes de Ritinha. Depois, o velho recua. Ritinha ainda chora um pouco. Vira-se então para Edgard sem sair do lugar.)

RITINHA *(no seu desespero)* — Lá mesmo! Em pé! Em pé! E, depois, me mandava ir, fora do expediente. Prometia, prometia! Levou nisto um mês. Até que um dia.

(O velho reaparece.)

RITINHA — O resultado do inquérito. Foi contra mamãe, o resultado do inquérito!

VELHO *(formal e maligno)* — Exato. Contra sua mãe, naturalmente.

RITINHA	*(fora de si)* — Mas o senhor prometeu! O senhor disse!
VELHO	*(violento)* — Em primeiro lugar, não grita! Aqui quem grita sou eu!
RITINHA	— O senhor abusou de mim dizendo que.
VELHO	*(com triunfante crueldade)* — Escuta aqui. Os médicos, quando tiram suas casquinhas e as clientes protestam, eles dizem: — "Neurótica! Neurótica!" Eu tenho a minha saída! Digo que você é uma neurótica. Ou vigarista.
RITINHA	— Cínico.
VELHO	*(aos berros)* — Ó sua cachorra! Tem coragem de! Fala assim comigo que eu te. Nós temos aqui uma polícia particular. Você entra na borracha! Mulher aqui apanha também! Quer fazer chantagem comigo, sua sem-vergonha!

(Desaparece o velho. Ritinha volta para Edgard.)

RITINHA	*(chorosa)* — Compreende agora?
EDGARD	*(atônito)* — Duas violadas!
RITINHA	— Mas ouviu? Eu não nasci vagabunda. Me fizeram isso.
EDGARD	*(sem ouvi-la)* — Na minha vida, duas pequenas que. *(muda de tom)* Violadas.

RITINHA *(veemente)* — Eu tive que arranjar o dinheiro. Pra repor. O dinheiro. De qualquer maneira.

EDGARD *(no seu desprezo)* — É a frase do Otto. Tudo é a frase do Otto. Se o cara te violentou. Se eu não rasgo o cheque. *(puxa o cheque)* Está aqui e não rasgo. Por causa da frase do Otto.

RITINHA *(sem entender e desesperada)* — Eu gosto de você! Gosto, Edgard!

EDGARD — Ritinha. A frase do Otto é mais importante do que *Os sertões* de Euclides da Cunha.

RITINHA — De quem?

EDGARD — Euclides da Cunha. O escritor.

RITINHA *(na sua doçura e inocência)* Erico Verissimo também é bom!

EDGARD *(irritadíssimo)* — Estou falando de. Ora bolas!

(Ritinha apanha a mão de Edgard.)

RITINHA — Você está com febre? Está, sim. Quente!

EDGARD *(realmente febril)* — Ritinha! A frase do Otto. Está ouvindo? A frase do Otto é mais importante do que todo o Machado de Assis!

RITINHA *(sôfrega)* — Você está exaltado!

EDGARD *(ofegante)* — Não sei mais nada!

RITINHA *(na sua meiguice)* — Lá no cemitério, eu falei aquilo. Do dinheiro. Mas foi, olha. Via você tão iludido. Eu não queria enganar você. Quis mostrar que eu, afinal de contas. Mas eu não aceitaria nada de você. Só amor. Você é o único que.

EDGARD *(agarrando a menina pelos dois braços)* — Ritinha, a frase do Otto é que é o câncer!

(Os dois saem em direção contrária. Edgard desaparece. Ritinha continua em cena.)

CENA VI

(Vem ao seu encontro o porteiro do edifício.)

OSIRIS — Ah, d. Ritinha! Que sorte!

RITINHA — O pequeno piorou?

OSIRIS — Quase bom. Não é isso. D. Ritinha, telefonei pra senhora. Lá pra o colégio. Imagine, o Alírio. Saiu com suas irmãs. As três.

RITINHA — Com minhas irmãs?

OSIRIS *(sôfrego)* — Saiu. Eu ouvi, por acaso. Fui mudar uma lâmpada no quinto andar. E ouvi a conversa. Eles foram a uma festa. E, como hoje é dia da senhora dormir no colégio.

RITINHA (*desesperada*) — Deixaram mamãe sozinha? (*frenética*) Onde é esta festa?

OSIRIS — Quem pode saber, pra onde foram, é o Zé Cláudio.

RITINHA (*fora de si*) — Que Zé Cláudio?

OSIRIS — Aquele. A senhora não se lembra? Um que. Pois é. Esse Zé Cláudio está na sinuca. O Zé Cláudio.

(*Ritinha corre, desatinada. Osiris vai ao seu encalço. Alcança a moça.*)

OSIRIS — D. Ritinha, parece que a festa é lá pros lados do Leblon. Uma coisa assim. Leblon. Avenida Niemeyer, parece.

RITINHA (*atônita*) — Avenida Niemeyer? Barra da Tijuca? Então, é curra! curra! Mas os caras que tocarem nas minhas irmãs hão de morrer de câncer na língua! Vão morrer!

CENA VII

(*Quarto de Edgard. Este, sentado numa extremidade da cama, com o cheque na mão e o isqueiro na outra. Ele acende e apaga o isqueiro. Aproxima a chama do cheque, mas sem coragem de queimá-lo. Entra Peixoto.*)

PEIXOTO — Vim te buscar.

EDGARD   *(sem erguer a cabeça)* — Pra onde?

PEIXOTO   — Que cara é essa?

EDGARD   — Doente.

(Peixoto senta-se na cama ao lado de Edgard.)

PEIXOTO   — Quer ver como eu sou psicólogo? Tua doença é a frase do Otto. Não é?

EDGARD   — Vá à merda, Peixoto! Vá à merda!

PEIXOTO   — É ou não é?

EDGARD   *(furioso)* — Está pensando que eu sou algum idiota? Que eu sou o quê? Frase inteiramente cretina. A frase do Otto!

PEIXOTO   *(macio)* — Confessa, Edgard!

EDGARD   *(na sua ira)* — Ora vá! *(muda de tom, incoerente, sofrido)* Peixoto! Passei a noite, todinha, acendendo e apagando o isqueiro, querendo queimar este cheque e sem coragem.

PEIXOTO   — Não tem fundos?

EDGARD   *(sem ouvi-lo)* — Desisto! É a frase do Otto! É, sim, que me impede de queimar esta porcaria!

PEIXOTO   — Se tem fundos, deixa de ser besta. Escuta, Edgard. Guarda isso.

(Edgard está pondo o cheque na carteira.)

PEIXOTO — Ouve. Você vai se casar. É preciso conhecer a família. A família de sua mulher. Edgard, você quer saber quem é o dr. Werneck. O teu sogro? Quer?

EDGARD — Sogro, não interessa.

PEIXOTO *(incisivo)* — Interessa.

EDGARD *(continuando)* — A família que se dane! Só me interessa a pequena. Maria Cecília. Ouviu? E eu conheço Maria Cecília.

PEIXOTO — Mas Edgard!

EDGARD *(veemente)* — Peixoto, você não entende. Olha. Houve o que houve com Maria Cecília. Foi violada por cinco crioulões. E basta. Pra mim, é sagrada, pronto! Peixoto, eu não vou desiludir a menina que. Não vou. Foi violada.

PEIXOTO — Sua besta! O teu sogro dá uma festa. Um negócio, rapaz! Ah, só você vendo! E você vai lá comigo. Vamos juntos, Edgard.

EDGARD — Não vou!

PEIXOTO — Mas vale a pena. Aquilo que eu te disse. *(solene)* Edgard, é uma família que começou a apodrecer.

CENA VIII

(Palacete da Gávea. Dr. Werneck, já bêbado, fala para os grã-finos.)

WERNECK	— Bem. É o seguinte. Vamos fazer uma brincadeira. *(vozes. Risos)* Silêncio! Fontainha! Cala a boca! Uma brincadeira.
1º GRÃ-FINO	— Mas como é o negócio?
2º GRÃ-FINO	— Deixa o Werneck falar!
WERNECK	— O negócio é psicanálise. Psicanálise. Assim, olha. O divã. *(Werneck vai até o divã)* O divã está aqui.
2º GRÃ-FINO	— Pra que divã?
1º GRÃ-FINO	— Você é analfabeto, hem, rapaz?
WERNECK	— Mas calma! *(didático)* O freguês deita-se no divã. Como na psicanálise. Eu vou bancar o Freud. Tomar notas. Num caderninho. O que está deitado conta as próprias sujeiras.
3º GRÃ-FINO	— Qual é a graça?
WERNECK	*(como um camelô)* — Vai querer? Primeira!
1º GRÃ-FINO	— Eu!
WERNECK	— Um momento. Só mulher! Mulher tem mais graça. *(num berro maior)* De preferência, mulher casada com o marido presente. Quem se habilita?
1º GRÃ-FINO	*(para a mulher)* — Vai você! Vai!

(A mulher ergue o dedo.)

ANA ISABEL — Eu!

(Palmas.)

WERNECK — Muito bem. Deita aqui, Ana Isabel. Pode deitar. *(para o marido)* Marido progressista. Permitiu que a própria esposa. Agora, silêncio.

1º GRÃ-FINO — Por que essa chata não morre?

ANA ISABEL — Meu marido hoje está broxadíssimo!

(Ana Isabel deita-se.)

3º GRÃ-FINO — Quero tirar as minhas calças!

ANA ISABEL — Essa luz em cima de mim é que está chato!

1º GRÃ-FINO — Apaga a luz!

WERNECK — Fica quieto, Fontainha. Não apaga nada. Tem que ser no claro. *(para os outros)* Vamos parar com esse barulho! Silêncio! Vou começar.

2º GRÃ-FINO — Pergunta quantas vezes ela traiu o marido.

WERNECK *(com voz forte)* — Ana Isabel! Qual foi o seu michê mais baixo?

ANA ISABEL — Não me lembro.

WERNECK   *(possesso)* — Responda, Ana Isabel! Não admito pudores. Você pertence a uma família formidável. Não interessa. Tem que dizer tudo. Qual foi o seu michê mais baixo? O mais baixo?

ANA ISABEL   *(violenta e esganiçada)* — Setenta e cinco cruzeiros!

WERNECK   — Por que os quebrados?

ANA ISABEL   — O sujeito deu tudo o que tinha, 75 cruzeiros!

(Ana Isabel põe-se de pé no divã.)

WERNECK   — Onde foi?

ANA ISABEL   *(frenética)* — Agora eu vou dizer tudo! Tudo! *(ofegante)* Foi em Brasília. Na inauguração. O rapaz trabalhava numa obra. Descalço. Imundo.

WERNECK   — Silêncio! Vamos ouvir a analisada! *(para Ana Isabel)* Escuta! *(para os outros)* Calem a boca! *(para Ana Isabel)* E agora, responda, Ana Isabel, rápido, sem pensar. *(aos berros)* E qual foi o seu maior michê?

ANA ISABEL   *(feroz)* — Duzentos e cinquenta contos.

WERNECK   *(num humor brutal)* — Duzentos e cinquenta contos ou cruzeiros?

ANA ISABEL   *(esganiçada)* — Contos! Contos! Duzentos e cinquenta contos!

WERNECK — Pra que tanto, Ana Isabel?

ANA ISABEL *(com ardente seriedade)* — Eu tinha uma conta de 250 contos. Na costureira. Então, fui ao sujeito e pedi.

2º GRÃ-FINO — Quem é o cretino! O nome do cretino!

ANA ISABEL *(furiosa)* — Olha aqui. Vamos parar com essa palhaçada. Ou, então, eu paro e não falo mais!

WERNECK — Não chateia, Alfredinho! Conta! Pode contar, Ana Isabel!

ANA ISABEL *(sofrida)* — O sujeito disse que dava. E que eu fosse buscar o cheque no apartamento. Fui, voltei com o cheque. Duzentos e cinquenta contos por uma hora. Nem por uma noite. Uma hora! Eu descobri o michê na inauguração de Brasília!

1º GRÃ-FINO — Quero tirar as minhas calças!

WERNECK *(com exaltação selvagem)* — Outra mulher!

3º GRÃ-FINO — Agora, sou eu.

WERNECK — Mulher, rapaz! *(para os outros)* Outra coisa. É o seguinte. Isso aqui é psicanálise. De galinheiro, mas é. Para a mulher, a psicanálise é como se fosse um toque ginecológico — sem luva! Outra mulher!

VELHA *(exaltadíssima)* — Eu também quero! Eu preciso falar!

WERNECK — Deita!

VELHA *(desatinada)* — Em pé!

WERNECK — Silêncio! *(para a velha)* — Em pé, vá lá. Começa.

VELHA *(como uma louca)* — Meu marido estava morrendo. Eu era mocinha. E adorava meu marido. Foi o meu único amor. Estava morrendo. De câncer. Câncer no sangue. No quarto, eu caí com ataque. Meu primo, que aprendia judô, me carregou no colo. Meu marido já estava com o cheiro da morte. Eu chorava, gritava. Meu primo me levou para o quarto do lado. E, de repente, eu tive vontade de trair. Trair o homem que eu amava. Trair antes que ele morresse. Fui eu que beijei meu primo na boca! Eu! Enquanto meu marido morria, eu mesma puxava com as duas mãos o decote! Abria assim, o decote!

3º GRÃ-FINO — Eu quero tirar as minhas calças!

VELHA *(aos soluços)* — Eu traí e amava! A saia era justa.

(Werneck trepa no divã.)

WERNECK — Um momento! Quero dizer o seguinte. Cala a boca. Esse negócio de guerra nuclear. Sei lá se daqui a 15 minutos. Quinze minutos. Vou levar um foguete

russo pela cara. Estou dando adeus.
Adeus à minha classe, ao meu dinheiro.
Estou me despedindo. Posso ser, de
repente, uma Hiroshima. Hiroshima,
eu. Eu, Nagasaki. Portanto, hoje vale
tudo! Tudo!

3º GRÃ-FINO — Eu quero tirar minhas calças!

(Edgard e Peixoto no alto da escada.)

EDGARD — Vamos embora!

PEIXOTO — Ele já me viu. Sabe que nós estamos aqui. E não está bêbado. Está lúcido e tem prazer. Prazer que os dois genros vejam. Está representando para nós.

EDGARD — Adeus.

PEIXOTO — Não acabou. Tem mais. Ouve essa. Está ouvindo?

(Embaixo, Werneck fala ainda.)

WERNECK — Vocês vão ver um *show*. É um crime sexual.

1º GRÃ-FINO — O quê? O quê?

WERNECK — Eu mandei apanhar três meninas. Uns anjos, mocinhas, de família. Garotas que não sabem nada. Purinhas. Vêm com os namorados. Estão estourando aí. E os namorados vão

	fazer tudo, aqui, tudo. Vamos ver um crime sexual, crime sexual. Autêntico.
3º GRÃ-FINO	— Eu quero uma!
WERNECK	— Não te mete, Bingo!
1º GRÃ-FINO	— Mas é curra de verdade?
WERNECK	— O negócio é assim. Vamos preparar os namorados. Vamos entupir os namorados de maconha. E aqui, dentro desta sala, eles vão caçar as pequenas.
2º GRÃ-FINO	— Mas isso é crime!
WERNECK	— Sua besta! Ou vocês não acreditam no poder econômico? Vou indenizar, compreendeu, pai, mãe, as pequenas. Tapo a boca da família, rapaz. O negócio dá em nada.

(Em cima, Edgard e Peixoto.)

EDGARD	— E nós vamos cruzar os braços?
PEIXOTO	— É com essa família que você vai se casar!
EDGARD	*(desesperado)* — Não vamos fazer nada?
PEIXOTO	— Não. Nada.
EDGARD	— Peixoto, escuta. Eu não estou brincando, Peixoto. Se fizerem isso.
PEIXOTO	— Espera e verás.

EDGARD — Mas escuta. Se fizerem isso, eu desço. Juro! Desço e mato esse velho.

PEIXOTO — E teu casamento?

EDGARD — Mato! Mato! *(muda de tom)* Meu casamento?

PEIXOTO — Sim, com a Maria Cecília.

EDGARD — Mas é um crime! Um crime sexual!

PEIXOTO *(quase com ternura)* — Nós vamos assistir. Apenas assistir. Apenas olhar.

(A velha que traíra o marido na hora da morte tem uma espécie de convulsão.)

VELHA — Meu marido morrendo e eu traindo. Traindo o único homem que eu amei. *(num berro maior)* Quero alguém. Alguém pra me cuspir na cara!

(Na tela, projeção de Ritinha no táxi. Luzes passando. Velocidade. Apelo de Ritinha ao chauffeur.)

RITINHA — O senhor, por obséquio. Pelo amor de Deus. Quero ir mais depressa. Por favor, o senhor corre. São minhas irmãs. O senhor compreende. E talvez eu não chegue a tempo.

(Edgard correndo pela noite e gritando.)

EDGARD — Eu não podia evitar. E fugi. Fugi pra não ver. Enquanto eu não rasgar o cheque, eu sei que vou aceitar tudo, até o fim. Tudo. Mas eu sei. Sei que não terei coragem. Não vou rasgar, não vou queimar, nunca!

(De novo, com os grã-finos. Gargalhadas. Entra Ritinha, correndo.)

AURORA *(rouca de desespero)* — Ritinha!

RITINHA — Larga a menina, Alírio!

WERNECK — Quem é você?

RITINHA *(ofegante)* — Eu sou irmã. Irmã dessas meninas. São direitas. Juro. Meninas de família.

WERNECK — Mas eu pago!

RITINHA — O senhor. Pelo amor de Deus. Minhas irmãs são menores.

WERNECK *(feroz)* — Eu pago!

RITINHA *(desesperada)* — Eu fico no lugar de minhas irmãs. Fico. Se minhas irmãs.

WERNECK *(repetindo, com mais força)* — Eu pago!

RITINHA *(gritando também)* — Se minhas irmãs saírem virgens daqui vocês podem fazer tudo comigo. O que quiserem. Tudo!

WERNECK *(exultante)* — Ninguém vai sair daqui. Nem você. Você também vai entrar no brinquedo.

RITINHA (*segura pelo Werneck*) — Velho indecente!

WERNECK (*dominando-a, com a sua voz e a sua fúria*) — Sua vaca! Eu estou me despedindo. Estou dando adeus. Adeus às minhas empresas, aos meus cavalos! Cavalos, adeus! Nós vamos morrer. Tudo vai morrer. E você. Você vai dançar nua! Mas antes, me xinga! Me dá na cara!

CENA IX

(Casa de Edgard. O rapaz chega. A mãe o recebe, em roupa de dormir.)

D. IVETE — São horas!

EDGARD (*doente*) — Mamãe, não fala comigo, que, hoje, ouviu, mamãe? Hoje, eu estou brigando, automaticamente.

D. IVETE (*dura*) — Depositou o cheque?

EDGARD — Nem vou depositar!

D. IVETE (*voraz, estendendo a mão*) — Dá esse cheque. Fica comigo. Dá, Edgard.

(Edgard recua, trinca os dentes.)

EDGARD — Se eu depositar o cheque. Se tocar num tostão desse cheque, estou perdido, mamãe.

D. IVETE *(desatinada)* — Esse dinheiro é nosso!

(Edgard puxa o cheque. Com a outra mão segura o isqueiro.)

EDGARD — Não venha, mamãe. Eu queimo. Assim, olha.

D. IVETE *(no desesperado apelo)* — Meu filho! Sou velha! Velha. *(suplica abjeta)* Tua mãe quer um dinheirinho!

EDGARD — Mamãe, não fale assim. A senhora parece uma bruxa!

(Com o isqueiro aceso, Edgard não tem coragem de queimar o cheque.)

D. IVETE *(em tom miserável de adulação)* — Meu filhinho. Você não vai fazer isso. Não vai deixar sua mãe na miséria.

EDGARD *(desesperado)* — Eu quero queimar e não posso. Não consigo. *(quase sem voz e apavorado)* Porque o mineiro só é solidário no câncer. Mamãe, o mineiro só é solidário no câncer.

D. IVETE *(furiosa)* — Não repete!

(Edgard recua diante da mãe, com cheque numa mão e o isqueiro aceso, na outra.)

> EDGARD — O mineiro só é solidário no câncer!
>
> D. IVETE *(como uma louca)* — Chega! Chega!

(A velha tapa os ouvidos.)

> EDGARD *(com excitação, perdido de tristeza)* — A frase de Otto, mamãe. A frase do Otto.
>
> D. IVETE *(como numa maldição)* — Desgraçado! Igual ao pai! Ao pai! Oh! Por que você nasceu?

(D. Ivete rebenta em soluços.)

CENA X

(Cena na casa da Gávea. Sozinhos, Ritinha e dr. Werneck. Ritinha, sentada no chão, em trapos.)

> RITINHA *(soluçando no seu ódio)* — Você vai morrer, velho! Vou te matar!
>
> WERNECK *(triste e paciente)* — Escuta.
>
> RITINHA *(ofegante)* — Vou te dar um tiro. Essas meninas. Era tudo o que eu tinha na vida.
>
> WERNECK — Quer me ouvir?

RITINHA   *(sem ouvi-lo e como se falasse para si mesma)* — E eram virgens. Eu caí na putaria para que elas, ao menos, elas, se casassem, direitinho. *(pondo-se de gatinhas, como uma cadela enfurecida)* E vocês! Vocês defloraram! *(soluçando)* — Eu não tenho mais nada na vida!

WERNECK   — Eu dou dinheiro. Dinheiro grande!

RITINHA   *(enlouquecida de ódio e esganiçadíssima)* — Eu quero minhas irmãs virgens!

WERNECK   *(berrando)* — Sua besta! Eu te dou as tuas irmãs virgens, pronto. Dou!

RITINHA   *(atônita)* — Virgens?

WERNECK   *(furioso)* — Cala a boca! Mania! *(muda de tom)* Eu tenho um médico. Médico fabuloso. E faz isso com um pé nas costas.

RITINHA   — Isso o quê?

WERNECK   — Ganha um dinheirão, o sujeito, restaurando virgindade. Ele faz um retoque, no local. Uma costurazinha, dá uns pontos. Coisa à toa. E a pequena sai mais virgem do que entrou!

RITINHA   *(num desespero maior)* — Vocês arrebentaram minhas irmãs!

WERNECK   — Nada disso. Sangrou porque é natural. É isso mesmo. Mas olha. A hemorragia já parou. Mandei levar tuas irmãs em casa, de automóvel. O médico já foi pra lá. Está lá. Ritinha, quero ser bom com você, com suas irmãs. Elas vão se casar. E o marido não vai perceber tostão de coisa nenhuma. Eu me responsabilizo. Na noite do casamento. O negócio vai sangrar até mais. Você vai ver.

CENA XI

(Mudança para casa de dr. Werneck. D. Lígia, vestida para dormir, à espera do marido. Werneck chega da farra hedionda. Saturado de abjeção.)

WERNECK — Acordada?

D. LÍGIA *(doce)* — Te esperando, meu amor.

WERNECK *(com um humor triste)* — Quer dizer que eu sou amor de alguém?

D. LÍGIA — Meu.

WERNECK — Ainda?

D. LÍGIA — Sempre.

WERNECK — Lígia, eu queria que você me dissesse. Dissesse, agora, neste momento, que eu sou bom.

D. LÍGIA *(na sua emoção contida)* — Você é bom, Heitor.

(Werneck escorrega ao longo do corpo da mulher. Agarrado às suas pernas, repete.)

WERNECK — Eu sou bom, Lígia, eu sou bom!

CENA XII

(Edgard e Ritinha em pé na rua. Os dois chupam Chicabon.)

RITINHA — Eu estive com o médico, Edgard. Ele disse. Garantiu. Disse que fica perfeito.

EDGARD — Escuta, Ritinha.

RITINHA *(radiante)* — Tirei um peso!

EDGARD — Você acha. Escuta. Acha que interessa virgindade assim? Assim, Ritinha?

RITINHA *(sem perceber a abjeção moral)* — Mas o médico, Edgard, disse que o marido não ia perceber, nem ia desconfiar.

EDGARD — Não sei, Ritinha. Sei lá. Mas talvez fosse melhor. Acho sabe o quê? Que a mulher, nessas ocasiões, deve chegar junto do homem e contar. Dizer: — aconteceu isso assim, assim. Vê se o cara quer, ou não. Ritinha, não se faz isso com um homem.

RITINHA *(sem entender ainda)* — Mas você queria o quê? Você acha que casamento na igreja, Edgard, casamento com véu e grinalda. A menina tem que ser virgem! Você, como homem, não acha bonito uma virgem? Não prefere, hem? Diz!

EDGARD — É. Bonito. Pode ser. Aliás, tenho que ir embora. Minha noiva está me esperando.

RITINHA *(sofrida)* — Ficou triste?

EDGARD — Me diz uma coisa. *(impulsivamente)* Como é que você. Você suporta essa vida? Tem essa profissão? Sabe que não me entra.

RITINHA — Edgard, eu não me arrependo. Eu tinha que repor o dinheiro. E não me arrependo. Não havia outro jeito. É por minha mãe, minhas irmãs. Eu quero, Edgard, quero casar minhas irmãs.

EDGARD — Quer saber de uma coisa? Quer?

RITINHA — Não me acuse, meu bem.

EDGARD — Ouve. Era preferível que você se matasse de uma vez.

RITINHA — Deixando minhas irmãs solteiras e minha mãe assim?

EDGARD — Ritinha.

RITINHA — Escuta. Deixa eu falar. Você escreva. Pode escrever. Quando minhas irmãs se casarem. E minha mãe morrer. Então, sim. Aí eu estarei livre. E vou me matar. Ah, vou! E vou morrer queimada, como essas do jornal. Essas que tocam fogo no vestido. *(com alegria cruel)* Quero morrer negra!

CENA XIII

(Mudança para casa de dr. Werneck. Edgard e Maria Cecília na sala. Em pé, abraçados. Edgard acaba de chegar.)

MARIA CECÍLIA	*(sôfrega)* — Te chamei porque.
EDGARD	— Vim correndo.
MARIA CECÍLIA	— Papai e mamãe saíram. As criadas estão lá fora. Tive medo, não sei. Medo de ficar sozinha.
EDGARD	*(com o desejo começando)* — Querida!
MARIA CECÍLIA	*(passando a mão pelo rosto do bem--amado)* — Olha para mim. Assim. Você ainda pensa que eu não sei beijar?
EDGARD	— E sabe?
MARIA CECÍLIA	— Quer ver como eu te beijo?

(Um beijo.)

MARIA CECÍLIA	*(ofegante)* — Sou muito inexperiente?
EDGARD	— Outro.

(Novo beijo.)

MARIA CECÍLIA *(fora de si)* — Eu te adoro! Beija, me beija. *(com euforia cruel)* "Cadelão!" Meu "Cadelão"!

(Edgard desprende-se, atônito.)

EDGARD — Você me chama de "Cadelão"?
MARIA CECÍLIA — Te chamei? De "Cadelão"? Ando com a cabeça que. Nervosíssima. Sabe que todas as noites eu sonho com o "Cadelão"? Sonho. Todas as noites. Desculpe. Querido, olha. *(incoerente e desesperada)* Deixa eu te chamar de "Cadelão"!

(Maria Cecília enfia os dedos nos cabelos do bem-amado. Edgard desprende-se.)

EDGARD — Assim não quero!
MARIA CECÍLIA *(na sua ferocidade voluptuosa)* — "Cadelão!"

(Dr. Peixoto aparece.)

PEIXOTO — Edgard, eu sou "Cadelão"! Era assim que me chamavam no colégio. Meu apelido de colégio!
MARIA CECÍLIA *(recuando)* — Ele vai mentir!
EDGARD — Peixoto, eu não admito.

PEIXOTO (*desatinado*) — Eu não sou tão canalha, porque vou impedir teu casamento. Larga essa mulher, Edgard! Foge dessa casa!

(*Edgard agarra o cunhado pela gola do paletó.*)

EDGARD — Cala essa boca! Eu te arrebento!

PEIXOTO (*apontando para a cunhada*) — É a última! A última das cachorras!

(*Edgard esbofeteia Peixoto. Este cai, longe.*)

PEIXOTO — Eu não me ofendo mais! Nunca mais! Ela. Ela fez de mim, isso!

MARIA CECÍLIA (*numa euforia hedionda*) — "Cadelão!"

PEIXOTO — Edgard, eu preciso contar. E você precisa saber.

EDGARD (*num berro*) — Nem mais uma palavra!

PEIXOTO — Depois eu vou-me embora. Saio. Mas primeiro, escuta. Quando Maria Cecília saiu do colégio, logo depois!

MARIA CECÍLIA — Mentira!

PEIXOTO (*sem ouvi-la*) — Logo depois. Maria Cecília leu num jornal da empregada uma reportagem de curra. Uns caras pegaram uma crioulinha, no Leblon. Fizeram o diabo. Eram cinco. Estou mentindo?

MARIA CECÍLIA — "Cadelão!"

EDGARD *(desesperado)* — Continua!

PEIXOTO — Eu me apaixonei por ela. E ela me dizia: — "Eu queria uma curra como aquela do jornal." Pôs isso na minha cabeça. Então, eu catei cinco sujeitos. Paguei os cinco. Custou cinquenta contos. Ela queria que eu ficasse olhando. Compreendeu, Edgard? Foi ela! Ela que pediu pra ser violada!

(Edgard volta-se para Maria Cecília e a agarra pelos dois braços.)

EDGARD *(desesperado)* — É verdade? Responde! É verdade?

MARIA CECÍLIA — Está me machucando!

EDGARD *(furioso)* — E você me chamou de "Cadelão" — por quê?

MARIA CECÍLIA *(desprendendo-se com violência e recuando. Desfigurada pelo ódio)* — Ex-contínuo!

PEIXOTO — Tem 17 anos e é mais puta que. E só sabe amar assim. A única coisa que a prende a mim é o apelido de "Cadelão". Foge dessa mulher. Foge, porque eu não fugirei nunca!

MARIA CECÍLIA — Não, Edgard, não!

(Maria Cecília quer agarrá-lo. Ele a empurra. Corre. Sozinhos, Maria Cecília e Peixoto. A menina corre para ele. Abraça-se voluptuosamente ao cunhado.)

MARIA CECÍLIA — "Cadelão."

(Peixoto a empurra.)

MARIA CECÍLIA — Você me empurra?

(Peixoto olha em torno. Seu olhar pousa numa garrafa. Apanha a garrafa e a quebra.)

MARIA CECÍLIA — Não! Não!

PEIXOTO — Eu não mereço viver. Nem você. Vou acabar agora com tua cara. Assim.

(Grito de mulher. Peixoto segura Maria Cecília pelo pulso. Torce o braço da pequena.

Projeção — No assoalho, Maria Cecília e Peixoto mortos. Primeiro plano do rosto de Maria Cecília destruído e ensanguentado. Súbito, música violenta e tuíste.)

CENA XIV

(Ritinha no lupanar onde trabalha.)

PAU DE ARARA — Que música é essa?

RITINHA — Tuíste.

PAU DE ARARA — Sabe dançar?
RITINHA — Um pouco. Quer dizer, mais ou menos.
PAU DE ARARA — Começa.

(Ritinha assume atitudes lascivas.)

RITINHA — Faz assim, olha.
PAU DE ARARA — Vamos lá.
RITINHA — Mexe! Assim. Mexe!

(Súbito, entra Edgard. Ritinha para.)

PAU DE ARARA — Continua!

(Edgard avança e puxa Ritinha pelo braço.)

PAU DE ARARA — Que é que há, meu amigo? A garota está comigo! Vai dormir comigo!
EDGARD — Desinfeta!

(Pau de Arara pula para trás.)

PAU DE ARARA — Eu sou é homem! Matei um e olhe que.

CENA XV

(Ritinha e Edgard correm. Estão na calçada.)

EDGARD — *(delirante)* — Estou só, Ritinha! Não sou mais noivo!

RITINHA — *(maravilhada)* — Brigou?

EDGARD — Olha pra mim. Pra minha cara. Eu sou outro. E quero você.

RITINHA — Meu bem, você está exaltado!

EDGARD — Exaltadíssimo! Vou te levar. Vem comigo.

RITINHA — Pra onde?

EDGARD — Sei lá. Qualquer lugar. Ou tem medo? Vem!

RITINHA — Vou.

EDGARD — Linda!

RITINHA — *(ofegante)* — Eu queria ser tanto de um só!

EDGARD — Está amanhecendo, Ritinha. No mar. Vem ver.

(Os dois caminham pela calçada. A rua acaba na praia. Correm na direção do mar. Edgard arranca os próprios sapatos. Ritinha o imita. Atiram os sapatos para o ar. Edgard vai um pouco na frente.)

RITINHA — Eu não tive.

EDGARD *(na frente)* — O quê?

RITINHA — Não posso falar alto.

EDGARD — Grita.

RITINHA *(gritando)* — Nunca tive prazer com homem nenhum! Você vai ser o primeiro.

(Chegam na praia.)

EDGARD — Está vendo isso aqui?

RITINHA — O que é?

EDGARD *(exaltadíssimo)* — O cheque! O tal cheque! Cinco milhões de cruzeiros!

RITINHA — Cinco milhões!

EDGARD — Cinco milhões. E vou queimar.

RITINHA — Escuta.

EDGARD — Fala.

RITINHA — É muito dinheiro. E você não acha que.

EDGARD *(contido)* — Continua.

RITINHA *(travada)* — Vamos viver juntos. E esse dinheiro.

EDGARD — Acaba!

RITINHA — Esse dinheiro pode ser importante para nós.

EDGARD — Vamos começar sem um tostão. Sem um tostão. E se for preciso, um dia, você beberá água da sarjeta. Comigo. Nós apanharemos água com as duas mãos. Assim. E beberemos água da sarjeta. Entendeu? Agora olha.

(Edgard acende o isqueiro e queima o cheque até o fim.)

EDGARD — Está morrendo! Morreu! A frase do Otto!

(Os dois caminham de mãos dadas, em silêncio. Na tela, o amanhecer no mar.)

RITINHA — Olha o sol!

EDGARD — O sol! Eu não sabia que o sol era assim! O sol!

FIM DO TERCEIRO E ÚLTIMO ATO

POSFÁCIO

Flávio Aguiar[*]

Otto Lara Resende ou Bonitinha, mas ordinária é peça singular na dramaturgia de Nelson Rodrigues. Todos os elementos recorrentes em seu teatro comparecem: a sofreguidão explosiva dos desejos reprimidos, a degradação moral quase como um fim em si mesmo, a paixão pela lama espiritual, a ambição desenfreada e a corrupção sem limites. Enfim, estão presentes a carne forte e o espírito fraco dos seres humanos que compõem a tragédia de uma sociedade que abdicou de quaisquer valores éticos e só os mantém como uma fachada para enganar otários.

Completam esse quadro de degradação a moldura desenhada pela Guerra Fria e a ameaça da destruição atômica que intensifica a sensação de que, neste momento agônico da humanidade, "tudo é permitido".

---

[*] Professor e pesquisador de Literatura Brasileira da Faculdade de Filosofia, Letras e Ciências Humanas da USP, Flávio Aguiar é também jornalista, tradutor e autor de mais de trinta livros de crítica literária, ficção e poesia e já ganhou quatro vezes o prêmio Jabuti.

Entretanto, ao completar-se essa pintura desesperadora da condição humana, desenha-se uma afirmação de valores positivos nas opções dos protagonistas, verdadeiros "heróis" que escapam de uma sociedade que nada tem de heroica. Escapam? Nem tanto, pois o futuro que os espera é sombrio, como reconhece Edgard, ao afirmar que terão de beber "a água da sarjeta". Mas pelo menos estão moralmente inteiros, na descoberta da redenção do amor.

Há uma paródia de dimensões bíblicas nesta construção de Nelson Rodrigues. Reza uma lenda que prosperou durante a Idade Média, baseada numa interpretação de comentário do profeta Isaías (34, 14), que a serpente tentadora de Adão e Eva seria uma primeira mulher daquele, de nome Lilith ou Lâmia. A perda do Paraíso Terreal seria então uma vingança sua pelo desprezo que sofrera. A expulsão do Paraíso se completa pela impossibilidade de voltar, uma vez que o Senhor pôs-lhe diante da porta um querubim com uma espada chamejante.

A situação criada em *Bonitinha, mas ordinária* é paralela a esta, mas de sentido contrário. Edgard é tentado por sua Lâmia, Maria Cecília, a cujos dotes físicos se acresce uma fortuna em dinheiro prometida por seu pai para obter-lhe um casamento de conveniência. Maria Cecília, que teria sido desonrada por um estupro, foi na verdade quem provocou a situação, agenciada por seu cunhado Peixoto, a quem se une em mórbida paixão. É Peixoto, verdadeiro demônio travestido em anjo salvador, quem rompe este círculo infernal, destruindo Maria Cecília e a si mesmo. Sua espada chamejante é uma prosaica mas terrível garrafa quebrada, com que destrói a beleza do rosto de Maria Cecília. Assim abre caminho para que Edgard possa ir ao encontro de seu verdadeiro amor, que é Ritinha.

Ambos, portanto, Edgard e Ritinha, são "expulsos" desse Inferno sem saída por um demônio arrependido. Formam o casal de uma nova humanidade, redimida pelo conhecimento do fundo do poço a que pode chegar a alma humana. Degradaram-se ambos, ela num bordel e ele no bordel em que se tornou a alta sociedade do Rio de Janeiro. Mas a paixão trouxe-os de volta ao mundo dos vivos.

O final da peça é pastoral: ambos estão de frente para o mar, onde nasce o sol. O mar, neste contexto, tem o sentido da inundação redentora, que lava os pecados do mundo e abre uma segunda oportunidade para os sobreviventes povoarem a Terra. Simbolicamente, o final de *Bonitinha, mas ordinária* retoma o final do romance *O guarani*, de José de Alencar. Em meio à inundação do rio Paraíba, sobreviventes da catástrofe guerreira e moral que se abateu sobre a casa de d. Antônio de Mariz e o império português; no topo da palmeira, Peri e Ceci se enlaçam num beijo supremo para fundar um novo espaço, uma nova cultura, uma nova nação.

A dimensão da imagem de Edgard e Ritinha, ao final da peça, não é tão elevada nem grandiloquente, mas também, como a do romance, é solene e tem algo de rito primitivo. Eles também se enlaçam, dando-se as mãos, e caminham de pés nus pela areia da praia. Edgard toma o símbolo da espada chamejante em suas mãos: um prosaico isqueiro, com que queima o cheque maldito até o fim. Símbolo do desejo tornado agora fértil, pois Rita, a prostituta, confessa que sentirá prazer no sexo pela primeira vez, o sol nasce sobre o mar e para o universo, separando a luz da treva e também, para o olhar, a terra da água. O rito de Edgard e Ritinha é pagão e cristão ao mesmo tempo: as fronteiras se romperam. Ambos, se não fundam um mundo novo, ao menos fundam um novo destino para si, tênue promessa para a humanidade.

No caso de *O guarani*, Peri é o herói explícito. Mas é Ceci quem define radicalmente a nova situação, ao declarar que não quer voltar ao Rio de Janeiro e quer ficar com o seu companheiro na selva. No caso de *Bonitinha, mas ordinária*, Edgard é o herói, pois é ele quem, embora tenha revelado fraquezas o tempo inteiro (afinal é um herói moderno, ou seja, tem algo de anti-herói), por fim resiste à tentação e queima o cheque. Mas também é a mulher, com a força de reter, na degradação, o estro da paixão purificadora, quem define a radicalidade da nova situação, a verdadeira ruptura definitiva com o passado.

Já que se falou em dimensão bíblica, é impossível não evocar o episódio de Sodoma e Gomorra. Lot e sua família também fugiram da cidade amaldiçoada ao amanhecer (Gênesis: 19, 15). Mas, ao contrário da mulher de Lot, Ritinha não olha para trás, e assim define a nova redenção. E confirma o papel redentor que, com frequência, a prostituta arrependida exerce nos textos bíblicos, como no caso de Maria Madalena.

A personagem Ritinha retoma o tema da redenção da prostituta, que tem longa tradição teatral, como já assinalou Sábato Magaldi em seu estudo sobre a peça (*Teatro da obsessão: Nelson Rodrigues*. São Paulo: Global, 2004.). Mas ao contrário das heroínas românticas, como Marguerite Gauthier de *A dama das camélias*, de Alexandre Dumas Filho, ou Lucíola, do romance homônimo de José de Alencar, Ritinha sobrevive à própria redenção, preservando-se para a felicidade futura, ainda que esta seja precária.

Por fim, resta comentar a frase que é o mote de toda a peça, de Otto Lara Resende: "O mineiro só é solidário no câncer." Irônica, a frase faz a caricatura da reserva e desconfiança que tradicionalmente são atribuídas ao caráter mineiro. Aos poucos, pela repetição, ela vai mudando de significado e torna-se um vaticínio universal sobre a falta de solidariedade de toda a espécie humana. Mas, ao final, ela é relativizada; num arroubo, Edgard chega a dizer que ela "morreu". Não cheguemos a tanto: lembremos apenas que, aos olhos do severo moralista Nelson Rodrigues, a vida, se era ordinária, podia ter lá seus momentos bonitos.

SOBRE O AUTOR

NELSON RODRIGUES E O TEATRO
Flávio Aguiar

Nelson Rodrigues nasceu em Recife, em 1912, e morreu no Rio de Janeiro, em 1980. Foi com a família para a então capital federal com sete anos de idade. Ainda adolescente começou a exercer o jornalismo, profissão de seu pai, vivendo em uma cidade que, metáfora do Brasil, crescia e se urbanizava rapidamente. O país deixava de ser predominantemente agrícola e se industrializava de modo vertiginoso em algumas regiões. Os padrões de comportamento mudavam numa velocidade até então desconhecida. O Brasil tornava-se o país do futebol, do jornalismo de massas, e precisava de um novo teatro para espelhá-lo, para além da comédia de costumes, dos dramalhões e do alegre teatro musicado que herdara do século XIX.

De certo modo, à parte algumas iniciativas isoladas, foi Nelson Rodrigues quem deu início a esse novo teatro. A representação de *Vestido de noiva*, em 1943, numa montagem dirigida por Ziembinski, diretor polonês refugiado da Segunda Guerra Mundial no Brasil, é considerada o marco zero do nosso modernismo teatral.

Depois da estreia dessa peça, acompanhada pelo autor com apreensão até o final do primeiro ato, seguiram-se outras 16, em trinta anos de produção contínua, até a última, *A serpente*, de 1978. Não poucas vezes teve problemas com a censura, pois suas peças eram consideradas ousadas demais para a época, tanto pela abordagem de temas polêmicos como pelo uso de uma linguagem expressionista que exacerbava imagens e situações extremas.

Além do teatro, Nelson Rodrigues destacou-se no jornalismo como cronista e comentarista esportivo; e também como romancista, escrevendo, sob o pseudônimo de Suzana Flag ou com o próprio nome, obras tidas como sensacionalistas, sendo as mais importantes *Meu destino é pecar*, de 1944, e *Asfalto selvagem*, de 1959.

A produção teatral mais importante de Nelson Rodrigues se situa entre *Vestido de noiva*, de 1943 — um ano após sua estreia, em 1942, com *A mulher sem pecado* —, e 1965, ano da estreia de *Toda nudez será castigada*.

Nesse período, o Brasil saiu da ditadura do Estado Novo, fez uma fugaz experiência democrática de 19 anos e entrou em outro regime autoritário, o da ditadura de 1964. Os Estados Unidos lutaram na Guerra da Coreia e depois entraram na Guerra do Vietnã. Houve uma revolução popular malsucedida na Bolívia, em 1952, e uma vitoriosa em Cuba, em 1959. Em 1954 o presidente Getúlio Vargas se suicidou e em 1958 o Brasil ganhou pela primeira vez a Copa do Mundo de futebol. Dois anos depois Brasília era inaugurada e substituía o eterno Rio de Janeiro de Nelson como capital federal. A bossa nova revolucionou a música brasileira, depois a Tropicália, já a partir de 1966.

Quer dizer: quando Nelson Rodrigues começou sua vida de intelectual e escritor, o Brasil era o país do futuro. Quando chegou ao apogeu de sua criatividade, o futuro chegava de modo vertiginoso, nem sempre do modo desejado. No ano de sua morte, 1980, o futuro era um problema, o que nós, das gerações posteriores, herdamos.

Em sua carreira conheceu de tudo: sucesso imediato, censura, indiferença da crítica, até mesmo vaias, como na estreia de *Perdoa-me por me traíres*, em 1957. A crítica fez aproximações do teatro de Nelson Rodrigues com o teatro norte-americano, sobretudo o de Eugene O'Neill, e com o teatro expressionista alemão, como o de Frank Wedekind. Mas o teatro de Nelson era sempre temperado pelo escracho, o deboche, a ironia, a invectiva e até mesmo o ataque pessoal, tão caracteristicamente nacionais. Nelson misturou tempos em mitos, como em *Senhora dos afogados*, em que se fundem citações de Shakespeare com o mito grego de Narciso e o nacional de Moema, nome de uma das personagens da peça e da índia que apaixonada por Diogo de Albuquerque, o Caramuru, nada atrás de seu navio até se afogar, imortalizada no poema de Santa Rita Durão, "Caramuru".

Todas as peças de Nelson Rodrigues parecem emergir de um mesmo núcleo, onde se misturam os temas da virgindade, do ciúme, do incesto, do impulso à traição, do nascimento, da morte, da insegurança em tempo de transformação, da fraqueza e da canalhice humanas, tudo situado num clima sempre farsesco, porque a paisagem é a de um tempo desprovido de grandes paixões que não sejam a da posse e da ascensão social e em que a busca de todos é, de certa forma, a venalidade ou o preço de todos os sentimentos.

Nesse quadro vale ressaltar o papel primordial que Nelson atribui às mulheres e sua força, numa sociedade de tradição patriarcal e patrícia como a nossa. Pode-se dizer que em grande parte a "tragédia nacional" que Nelson Rodrigues desenha está contida no destino de suas mulheres, sempre à beira de uma grande transformação redentora, mas sempre retidas ou contidas em seu salto e condenadas a viver a impossibilidade.

Em seu teatro, Nelson Rodrigues temperou o exercício do realismo cru com o da fantasia desabrida, num resultado sempre provocante. Valorizou, ao mesmo tempo, o coloquial da linguagem e a liberdade da imaginação cênica. Enfrentou seus infernos particulares: tendo apoiado o regime de 1964, viu-se na contingência de depois lutar pela libertação de seu filho, feito prisioneiro político. A tudo enfrentou com a coragem e a resignação dos grandes criadores.

CRÉDITOS DAS IMAGENS

Em 28 de novembro de 1962, Otto Lara Resende ou Bonitinha, mas ordinária *estreia no Teatro Maison de France, no Rio de Janeiro. Tereza Rachel e Carlos Alberto vivem* RITINHA *e* EDGARD. *(Acervo Cedoc/Funarte)*

Cena da primeira montagem de Otto Lara Resende ou Bonitinha, mas ordinária, *dirigida por Martim Gonçalves. Teatro Maison de France, Rio de Janeiro, 1963. (Acervo Cedoc/Funarte)*

No final de Otto Lara Resende ou Bonitinha, mas ordinária, MARIA CECÍLIA *(Léa Bulcão) e* PEIXOTO *(Sebastião Vasconcelos) morrem. Teatro Maison de France, Rio de Janeiro, 1963. (Acervo Cedoc/Funarte)*

Direção editorial
Daniele Cajueiro

Editora responsável
Janaína Senna

Produção editorial
Adriana Torres
Laiane Flores
Mariana Lucena

Revisão
Perla Serafim

Projeto gráfico de miolo
Sérgio Campante

Diagramação
Futura

Este livro foi impresso em 2021
para a Nova Fronteira.